麦本三歩の好きなもの　第一集

住野よる

幻冬舎文庫

麦本三歩の好きなもの

第一集

目次

麦本三歩は歩くのが好き

麦本三歩(むぎもとさんぽ)という人間がいる。

三歩のことを知らない人に、彼女がどういった人物であるか、例えば周囲の人々が説明するならこんな風に言うだろう。ぼうっとしている、食べすぎ、おっちょこちょい、間抜け。

当の三歩はと言えば、それら周囲の評判に全く納得がいっていない。心当たりはおおいにある。しかし納得はいっていない。もう少し言い方を変えてほしい。

自分は、物事に集中するタイプで、ご飯を美味しく感じられて、ささいな失敗をしがちで、まあ、間抜けに関しては変換をちょっと思いつかないけれども、つまりは周りが悪い方にばかり物事を表現しているのだと三歩は主張する。

ただ確かに、ほんのちょこっと、ぼうっとしてたりおっちょこちょいだったり間抜けだったりする行動で、周りからたしなめられてしまうことが多いのには本人も気がついていて。先輩方からのお叱りを痛いと思うことは、毎日のようにある。今日は特に痛かった。物理的に。へこんだ。きっと物理的に。

三歩も女性である。今のように暗くなった道を歩く時や、静かな場所では、それなりに身に降りかかる危険にも気をつけてきたつもりだが、職場でくらう先輩からのチョップには気をつけていなかった。

コンビニ袋をぶらさげて、とぼとぼと歩く帰り道。明日たんこぶになってやしないか。攻撃を食らったところを撫でる。実際には、手のへりをポテッと頭頂部にのせられたくらいの、たんこぶどころか髪の毛さえ乱れはしない戯れだったのだが、プロレス意識のある三歩はきちんと攻撃を受けた側として騒いでみせる。ぎゃーやられたー。暴力事件だー、損害賠償だー、戦争反対だー。

なんのためにか分からないデモ行進を脳内で行っている三歩。そもそも根本的には、彼女が悪い。お昼にバックヤードのキッチンで作ったホットコーヒーを運んでいるところで、足元の段ボールを見ておらずひっかかった。そこに書類なんてものが置いてあったから運のつき。「カップを自分の机に置いてからそそげっ！」という利用者の方達には聞こえない程度のひそひそ怒鳴り声と、多分余ったエネルギーが実体となったチョップが頭の上にのった。余らせとけ。

ぶつぶつと言いながら、さっきコンビニで買ったおにぎりを開ける。しゃけ。夕飯はこれから家に帰って作るのだけれど、お腹が空いた。しゃけを選んだのは、へこんだ頭がたんぱく質で元に戻るんじゃないかと思ったからだ。へこむも治るも気持ちの問題。

フィルムを取ると海苔が巻かれる三角の奴じゃなく、海苔が既に巻いてある丸い奴を選んだ。パリッとした海苔も好きなんだけれど、米に張り付いてむにゅっとした海苔も好きだ。丸いおにぎりにかぶりつくと、むにゅっとした感触の後にごそっと米を削りとる食感、鮭の塩味がすぐに感じられ香りが鼻に抜ける。二度三度と嚙みしめれば、口の中がしゃけおにぎりの味に染まる。

「んふふっ」

三歩の機嫌なんてこんなものだ。

二口目、食べ方が下手で海苔が上の歯茎に張り付いてしまう。懸命にベロで取ろうとするがなかなか難しい。仕方なく口に指をつっこみひっかいてはがす。ちょうど取れたところで制服を着た高校生男子とすれ違った。恥、よりはすっきりとした気持ちと海苔単体のうまみが三歩の中ではまさったのでめでたし。

おにぎりを食べ終わる頃には、先輩からやられたことは三歩の生活において無意味なことになっていた。三歩にはこういう長所と短所があった。

足取りも軽くなり、三歩は元気に帰り道をてくてくと歩く。駅から家までの距離は国道や住宅街をてくてく歩いて二十分。今日も相変わらず仕事用の灰色ニューバランスを一歩一歩前へと進める。大きなNが可愛い三歩のひいきブランド。

三歩は歩くことそのものが好きだ。

今は仕事からの帰宅という目的があって歩いているけれども、普段から三歩はよく家の周りをふらついている。ふらふらふらふら。性別によっては確実に怪しまれていただろうなと思うし、実際、何度も同じ家の前を通り、庭で遊ぶ子ども達から睨まれたこともある。もちろん一目散に逃げた。親が出てきたら、言い訳出来る気がしない。

歩くのが好きな理由について、足を前に出すだけだからだろうなと、三歩は思う。いかにも無意味で間抜けな理由だけれど、三歩は真面目にそう思っているし、その無意味は大事なものだとすら思っている。

どこかで誰かが言っていた。無意味に散歩出来る人こそが価値ある人間なのだと。未だにちゃんとした意味は理解していないが、三歩が気に入っている言葉だ。ある意味で、自分も無意味に三歩をやっているかけがえのない人間なわけだし、と、その言葉を思い出す度に心の中だけでドヤ顔をする。心の中だけに留めるのは、実際に友達に言ってみたら「うつわ」とドン引きされたからだ。思いついたことをなんでもかんでも言っていいわけではないと、あの時学んだ。

ようは気楽な無意味さも大切なのだと三歩は思う。無意味と大切じゃないは一緒じゃない。そして、無意味は意味の引き立て役でもない。無意味な日常があるから、意味ある日が大切に思える、とかじゃない。

無意味な日々も、意味ある瞬間もどっちも大切で、それが一番いいということなんだとのんきに思う。

そう、だから職場にめちゃくちゃ貢献している先輩も、むしろマイナスの方が多いのではと思われる自分もどっちも大切なわけで、それが一番いいじゃないか、と自己を肯定しておく。

今日も三歩は意味なく寄り道なんてしてみながら帰るかもしれない。意味なくカレーを箸で食べてみるかもしれないし、意味なく腕からお風呂に入って、意味なくただ文字がくるくる回るだけのネット動画を見て、意味なくいつもとは足を反対にして眠るかも。
そんなことが楽しくて仕方がない三歩の日常は今日も、好きなもので溢れている。

麦本三歩は図書館が好き

麦本三歩は十七年学校に通い続けている。小学校、中学校、高校、大学。そして、大学を卒業してからも三歩は学校に通い続ける。大学院生になったわけではない。未だに毎日学校に行っていると言うと「そんなに勉強好きだったっけ？」だなんて友達からよくいじられるけれど、好きではない。好きではないのにそれが唯一の特技だという悲しさはあるが、今その話はいい。

三歩の職場は大学内にあるのだ。大学内にデンとそびえる建物。大学図書館で三歩は働き、怒られ、たまに褒められ、そしてまた怒られる毎日を送っている。

怒られるのはもちろん嫌なのだけれど、三歩は基本的には図書館での仕事を気に入っている。本が好きだからという理由で、大学で司書資格を取った。本に触れられる仕事なら、図書館員以外にも出版社社員や書店員という道もあったのだろうが、三歩が図書館員を選ぶ決め手となったのはその場所の匂いだ。

三歩は小さな頃から図書館に通い詰めている人間だった。本が好きなことと同時に、扉が開いた瞬間に感じられる、過去から未来、果ては海や時空さえ超えたような図書館の匂いが好きだった。大人になって、図書館にはとても古い本も所蔵されていて、その紙やインク、そして書店にはない降り積もった埃が特別な匂いを感じさせるのだと知った時も、がっかりはしなかった。三歩にとってその匂いは、いくつになっても時間を超えて惹きつけられる匂いに違いがなかった。大学図書館に入ったのは縁だったのだけれど、思えばより歴史と埃にまみれた図書館に引っ張られたのかもしれない。

好きな空気の中で仕事が出来ているのだから、幸せだ。それは間違いなかったが、しかしもちろん仕事だ、一筋縄ではいかない。

今日の午前中もミスをやらかした。それも、総勢十三名のスタッフを統括するいつもは優しい眼鏡の男性リーダーに呼ばれて、きちんと怒られるレベルの失態。普段はお昼ご飯十分前からうきうきの三歩も、唇を一文字に結んでむむっと眉間に皺を寄せる。落ち込んでいる演技などではない。ただ、社会の厳しさに思いを馳せているのだ。

その顔のまま控室となるバックヤードに入ると、既に休憩に入ってお弁当を開けようとしていた優しい先輩が、三歩の顔を見て噴き出した。

「どしたの、三歩ちゃん」

「……働くことって、大変だなと思いましへ」

噛んだ。それに優しい先輩がまた笑う。

「三歩の場合働くとか以前の問題だろ」

後から控室に入ってきた三歩指導係の怖い先輩が、呆れたように言いながら三歩の後ろを通り過ぎていった。ぎくりとして振り返るも、既にそこに先輩はいない。彼女はエプロンを外しながらロッカールームに消えていく。

三歩が緊張を解いて顔の方向を戻すと、優しい先輩がくすくす笑っていた。

「何したの？」

人の答えを引きずり出すような優しい笑顔。きっとこの顔に内臓引きずり出されて死んだ男の人達がいるんだろうなと思いつつ、三歩はこの先輩に気を許していた。三歩はお昼用に使っていいとされている机の一つにつきかけた、けど忘れ物。先輩にお弁当を取りに行く宣言をして、隣のロッカールームに参る。怖い先輩と入れ違いになり、狭い空間で二人きりにならずに済んでほっとする。実際に手づかみで内臓を引きずり出されるかもしれない。

リュックからお弁当を出し、控室に戻ると、優しい先輩がまた楽しそうに笑っていた。怖い先輩はむすっとしている。三歩とシフトがかぶりがちなこの二人の女性のいつもの様子で、最近こういう時は三歩が話題に上っている場合が多い。それ自体は嬉しい、内容はともかく。

並んで座っている二人、さっき座りかけたのは怖い先輩の正面に当たる。正直なところ優しい先輩の前に座り直したい。しかしどっちの度胸があるかと言えば、流石(さすが)にこれ見よがしに先輩を避けるような度胸はなかったので、大人しく怖い先輩の正面に座った。

「三歩ちゃん、先生を転ばしたの？」

こらえ切れないという様子で優しい先輩から投げかけられた質問に、三歩はわざとじゃないものを肯定するのもどうかと思い「はあ」と曖昧な返事をした。

「急いでても、周りに注意しろ。あと、謎の動きをするなっ」

「謎の動き！」

表に響かないよう、抑えめに手を叩いて笑う優しい先輩。爆笑をかっさらえたのは嬉しいけれど、怖い先輩の言いぐさは本意ではない。

謎の動きなんて、大層なものじゃない。ただ、しゃがんだ状態で作業をしていた時に名前を呼ばれ、出来るだけ早く助けを必要としている人の元に参上しようと、クラウチングスタートの体勢を取った。その時、後ろに伸ばした足にたまたま通りかかった大学の先生がひっかかって転んだだけだ。大したことじゃない。眼鏡が吹き飛んでいたけど床は絨毯だし。

「大学の先生ってのがよくなかった……」

三歩が一応反省の色を見せようとすると、怖い先輩が「誰でも駄目なんだよ」と当然のツッコミを入れた。三歩は、もし運動部の学生なら受け身が取れたのでは？　と思ったけど言わなかった。怖いから。

「まあ三歩ちゃんだからなー」という優しい先輩からのちょっとずれた擁護にも、怖い先輩はのってくれない。三歩は頭をいつもより下げて気配を消しながら、お弁当を開ける。三歩のお昼ご飯は弁当日とコンビニあるいは食堂日が大体半々。おべんとつくろーと前日に思って成し遂げる日と、めんどいと前日もしくは当日思う日が大体半々。三歩としては一週間のうち半分も弁当を作っているなんて偉すぎると思っている。なので誰かに褒めてもらえないものかと思っているけれど、生活していることを褒めてくれる人なんて基本的にはいないので、せめて好物を入れることによって自分で自分を褒めている。

今日のメニューは二段重ねの弁当箱の上段に、冷凍ハンバーグ玉子焼きほうれん草のおひたしコンビニで買った煮物。下段にパンパンに詰めた米米米。

こっそりと持ってきていたのりたまの小袋を開け、ご飯の上にかけていると、「三歩さ」と頭の上から声をかけられた。

「へぁいっ」

変な声を出してしまった。見上げると、怖い先輩がコンビニサラダを開けている。

「トマトいる？」

「い、ただきまふ」

噛んだ。トマトが苦手な可愛いところがある怖い先輩は、割り箸を割ってトマトを摘まむと三歩の方へ手を伸ばす。どうやって受け取っていいものやら、お箸は駄目だし。以前に口で直接いこうとして行儀をたしなめられたことがある。せっかく生のトマトを他の味と一緒にしちゃうのも嫌だし。仕方がないので三歩が両手をお椀の形にして差し出すと、先輩はそっぽを向いて噴き出し、その後サラダの蓋にトマトを載せてくれた。

自身がどう思っているのかはともかく、三歩は先輩達からマスコット的に可愛がられている。

そんな先輩達との嬉し恥ずかし怖しな食事タイムはあっという間に終わり、少しの間本を読んでだらだらしていると、お昼の休憩時間はすぐに終わった。

また仕事かーと社会人っぽいことを思いながら図書館の受付カウンターに入るなり、交代で休憩に入る他の先輩、三歩がおかしな先輩と（もちろん心の中だけで）呼んでいる女性が近づいてきた。

「さーんぽ、本溜まってるから配架行ってきて、そのついでにこの本を探す任務を君に与えよう、ちゅっちゅ」

おかしな先輩は題名や著者名などの書籍情報をメモした紙切れを三歩に渡すと、三歩の鼻の頭を二度摘まんでから休憩に入った。いつも生きる上で人とそれなりの距離を保ってきた三歩は、未だに彼女の何を考えてるのかよく分からない距離感に戸惑う。なんとなく自分でも自分の鼻を触ってから、カウンターにいるスタッフ達に、配架に行ってくることを伝えた。

「人を転ばさないように」

リーダーから冗談交じりに受けた注意で、その場にいた皆が声を押し殺して笑う。三歩は逃げるようにして本のたくさん入ったラックを押してその場を離れた。

配架、という言葉を三歩が初めて聞いたのは、大学で司書資格を取る為の授業を受けた時だった。簡単に説明すれば、新たに図書館に入ってきた本や返却された本を本棚に並べること。それが配架。

三歩はこの作業が好きだ。図書館の中をうろうろと動くので、先輩達に見張られていないということもあり、カウンターで図書館利用者の応対をしなくていいというのもあり、そういう邪な気持ちがあるにはあるのだけれど、プラスの理由だってある。本が無事、家に到着したのを最後に見届ける作業であるからだ。

図書館には、実は不明本というものがとても多い。中にはずっと見つからず、所蔵しているというデータを消さなければならないこともある。そんな時、三歩は迷子になって帰ってこれない本のことを想像し、キュッと心臓の冷える感覚を覚える。

だからこそ、配架で自分のいるべき場所に収まる本を見ると、安心し嬉しくなるのだ。おかえり、と声をかけたくなる。声をかけてて利用者に怯えた目で見られて以来もうやらないと決めたけど。

エレベーターで本達を載せたラックと一緒に四階まで上がる。四階には辞書など大型図書の棚が並んでいる。ここの図書はほとんどが貸し出し不可なので、配架で来ることはまれなんだけれど、今日は一冊だけ新着の百科事典がいた。

四階には利用者も少ない。この階の静けさは、三歩を忙しなさから抜け出たような感覚にさせてくれる。ただ棚と棚の間で深呼吸すると、埃にむせることがあるので注意が必要。けへっけへっ。

筋トレに使われてるんじゃないかというレベルで重たい百科事典の並ぶ棚に、なんとかスペースを作り出し、新しい一冊を仲間に入れる。本達も、心なしか仲間が加わって嬉しそうだ。

次は三階、もちろんラックも一緒。

おかしな先輩が渡してきたメモには、本を番号やアルファベットで分類する為の請求記号もきちんと書かれている。９００番台の小説、三階にあるはずの本だ。迷子の本も見つかる時にはすぐに見つかる。大抵、請求記号の見間違いとか、その辺に利用者が勝手に置いたとかそういうのが相場。面倒くさくはあるけれど、その程度の迷子ならいいなと思う。

三階にはわりと人がいる。常連さんから一見さんまで。頼むから誰も問題のある行動を起こさないでくれよ、とドキドキしながら本棚の並ぶ開架スペースに足を踏み入れる。問題のある行動自体も嫌だけれど、立場上それを注意しなくてはいけないのがもっと嫌だ。特に嫌なのは、外での常識的にはグレーだけど図書館の常識的にアウトな奴。例えば、ペットボトルの飲み物を飲んでるとか。いっそ前に一度だけ遭遇した館内でカップヌードル食べるレベルの奴ならこっちが正義とばかりに注意出来るし、最終的には怖い先輩を呼べば一撃で退治してくれるからいい。

利用者をゴキブリみたいに思うのはよくないなと思いながら、三歩は三階の本達を本棚に丁寧に帰宅させる。全てを返し終えたら、三歩はラックをフロアの隅に置く。先輩から捜索を頼まれた本を見つけ出すべく。

図書館の本棚の側面にはそれぞれ置いてある本の請求記号の範囲が書かれているから、すぐにあるべき大体の場所は分かる。ここだここだと小さな声で呟きながら曲がると、そこで一人の茶髪の女の子がしゃがみ込んでいた。

一瞬、体調不良かと三歩は心配になったけれど、彼女は人差し指を本に添えてじっと見ている。恐らく目当ての本を探しているのだと分かり安心。

三歩が彼女と同じ棚の前に立つと、茶髪の女の子がちらりとこちらを確認したのがなんとなく分かった。目が合っても困るので三歩も目当ての本を探すことにした。

のだけれど。

「お姉さん」

どぅわおえあっという叫び声をあげそうになったのを必死にこらえ、三歩はそのエネルギーを飛び上がるのに変換することで、絶叫という一番のマナー違反を避けた。一瞬で汗だくになり横を見ると、先ほどの茶髪の女の子が文字通り目と鼻の先にいて、今度は「ひぇ」という悲鳴が出てしまう。言った後だったので意味はないが一応口を押さえ飛びのくと、女の子はぽかんとした表情を浮かべてから声を殺して笑った。そっちから話しかけてきたくせにっ、と三歩は自分の過剰な悲鳴を人のせいにする。

「そんなに驚かなくても」

「そそそ、そっちがいきなり話しかけてくるから」

「でも図書館で大きい声出せないじゃないですか、さっきのお姉さんみたいに」

だから近づいたんです、という声にかぶせて「ぎ、ぎりぎり我慢しましたし」と三歩は反論する。ひそひそひそひそと二人のやりとりは小鳥の喧嘩。

「で、な、何か御用ですか？」

三歩は態勢を立て直す。驚かされて笑われた、とは言え相手は利用者、お客様とまでは言わないが敬意を払う必要がある。三歩もそれくらい知ってる。

「ああ、本を探してるんですけど」

「あ、なるほど、ちなみになんの本でしょうか？」

「ええと、ええ、これです」

三歩は差し出されたスマホを覗き込む。表示されているのはアマゾンの画面、ん？んんん？　これって。

三歩は手に持っていたメモを一度確認してから、一歩下がって茶髪の彼女にぺこりと頭を下げた。距離を取ったのは頭突きをしないため。一ヶ月ほど前にやってしまい怒られた経験をいかした。

「すみません、この本は現在不明本、つまり行方不明となっへおりまして」

せっかく、ミスの再現を免れたというのに、噛んだ。

笑われてしまう、と思い茶髪の彼女の顔を見ると、彼女は笑ってなんかおらず大変に残念そうな顔をしていたもので、相手を性悪だと勘繰ってしまった三歩の心に去来する罪悪感。

「ご、ごめんなさい。あ、あの、頑張って探しますので」

「マジかー、っていうか本の管理するプロなのに本をなくしちゃったりするんですね」

「ぐふっ」

嫌味がナイフとして突き刺さり、思わず声に出てしまった三歩。な、なかなか言いやがるじゃねえかっと女の子に反論しようとすると、彼女はまた三歩の予想とは違う表情をしていた。

きょとん。

「お姉さん、大丈夫ですか？」

「あ、ああ、大丈夫ですちょっとナイフが」

「ナイフ？」

「いえ、なんでも」

あ、あー、なるほどねはいはいそういう感じね嫌味を狙って言ってくる感じじゃなくて無邪気に感想を言っちゃったのがたまたま人を傷つけてくタイプね。ちょっと苦手だなー。って顔をしてしまっていた三歩はもう一度体調を気遣われ改めて元気なことを表明し、きちんとお姉さんとして説明すべきことを説明する。

「不明本にも色んな理由があって、や、ありましへ」

駄目だ、刺し傷を引きずっている。

「一番多いのは、手に取った利用者の人が元あった場所に戻さないパターンです、でもこのパターンだと一生懸命探せば見つかるので戻ってきます」

「戻ってこないことあるんですか？」

「えー、はい、貸し出し処理でミスしてたりしてると、たまにはい」

「えーダメじゃないですか」

「げふっ」

二刺し目。自分がダメなのは知っていてもそれを面と向かってダメと言われれば三歩だって傷つく。重症です、担架を用意してください。

「そっか、残念。珍しく本読もうって思ったんだけどなあ」

「……ごめんなさい、よかったら他の図書館から取り寄せますか？」

「あ、そこまでじゃないから大丈夫です」

「そ、そっか」

思わず出てしまったタメロ。茶髪の彼女は特に気にしてない様子なので、三歩はきちんと敬語使いましたけど顔、もしくは年下には気さくにタメロで話しちゃう小粋なお姉さん顔でやりすごそうと思う。すぐさま「な、なんのドヤ顔ですか？」と言われたので後者はやめて前者に切り替える。たった二択を間違えた。

表情をころころと変えながら、三歩は本のタイトルを思い浮かべる。三歩と彼女が探す小説、読んだことがあった。二十字以内で説明出来る小説はいい小説なのだと聞いたことがある三歩は、その不明本の二十文字を考える。主人公が元鞘に戻ろうと奔走する話（実話）。ぴったり二十文字。記号使ったっていいじゃない。

取り寄せるほどじゃない、ということは、見つかったら連絡がほしい、というほどでもないのだろう。

「一生懸命探しますので、見つかったら今度お見かけした時に伝えますね」

それくらいの距離感でよさそう、そんな風に思って言うと、茶髪の彼女は唇を尖らせた。

「んー、でも図書館あんま来ないんで」

「あ、そうなんですか。じゃ、じゃあ、縁があったら」

それでは、という感じを自分の頭頂部に込め、三歩は頭を下げて一旦配架に戻ることにした。彼女が探して見つからなかったということはこの棚にはないと見た方がよさそうだし、なによりこれ以上絡まれて配架が異様に長引き、怖い先輩から怒られることを恐れた。しかし大抵三歩の計算が上手くいくことなんてなく、会話を打ち切り背中を向けようとすると、「お姉さん」ともう一度女の子から呼び止められ、反射で振り返って腰がグキッといった。

「ふぇっ」

変な声が出たけれど、茶髪の彼女は笑いもツッコミもしてくれなかった。笑われるのは複雑だけど、なにもないとそれはそれでなんだか悲しく切ないものがある。わがままな大人。三歩。

「は、はい、なんでしょう」

「図書館って、楽しいもんですか？」

見ると、茶髪の彼女がそれまでとは違う複雑な表情をしていた。一瞬、嫉妬に見えたけれど、今嫉妬される意味が分からないので三歩のセンサーがおかしい。

三歩は、一概に答えきれるような質問ではない彼女からの問いを受けて、しっかりと相手を正面に見据え、答えた。

「分かりませんけど、いるだけで良い匂いがします」

正直に答えた。正直に答えただけなのに、三歩の答えのなにが気に入らなかったのか、茶髪の彼女は首を傾げて、三歩の方へとツカツカ歩み寄って来た。

わっヤンキーから暴力を振るわれる！　言葉にすればそんな大人とは思えないことを思って顔と腹部を腕で覆った三歩の横を、茶髪の彼女は無言で通り過ぎ去っていった。利用者をいじめっ子扱いしてしまったことにより三歩の心に去来する罪悪感。

「い、良い匂い、するよ？」

いなくなってしまった彼女の後に、きっと香水をつけていたのだろう匂いだけが残っていて、三歩はその匂いに名残惜しさを覚えつつそそくさと配架に戻った。

「その茶髪の子私が上行った時もいましたよー」

「へー」

優しい先輩とおかしな先輩のそんな話が耳に届いた時、三歩は両手で本を抱え、掲示するプリントを唇ではさんでいた。

「んすー」

それで喉と鼻から相槌とも言えない相槌が出た。その妙な鼻息をおかしな先輩に気づかれてしまい、鼻を摘まれたので苦しくなって口を開けてしまう。掲示物を落としてあわあわしているのをおかしな先輩に笑われていると、怖い先輩から二人して注意を食らった。三歩だけ軽くチョップも食らった。いてっ。悪いことしてないのに。

いくなら二人ともいけよー、自分より先輩だからって忖度（そんたく）すんなよー。地下にある書庫で用事を済まし、ぶつぶつ言って頭を大げさに撫でつつ帰ってきてから、忖度でチョップを回避したおかしな先輩に先ほどの話を訊いてみることにした。

なんでも、茶髪のあの子が本を探していて、見つからなかったから三歩に頼んだんだけど、さっき優しい先輩が上に行ったらまだあの子いたよ～って話らしい。なるほど、チョップを食らうほどの話じゃなかった。そんな顔をしてしまったからだろう、話を聞かせた見返りに感謝の踊りを強要され、踊っているところをまた笑われていると再び後ろからチョップを食らった。

もうひとまずあの子のことはいいかな、いじめっ子でも性悪でもないし。そう思っていたんだけれど、その後貸し出し延滞者への返却催促の電話業務から帰ってきた優しい先輩が、うふふっと笑いながら少し気になることを言った。

「三歩ちゃんが言ってたあの子、本を見てるんじゃないんじゃない？」

どういう意味か訊いたけれど、優しい先輩はうふふっと作業をするため二階に消えていった。分かったふりして雰囲気で誤魔化す大人が三歩は苦手だったけれど、優しい先輩のうふふっは好きだった。

色々とお仕事をしているといつしか時間はシフト終了間際。残業したって残業手当をまるまる貰えるわけではないと知っている三歩はすぐ帰ることにしている。時は金なりサラリーマンの闇なり。

今日最後の仕事は、図書館宛てに届いている郵便物を教務課から貰ってくることだった。手で持ち切れない量になることも多々あるので、スーパーに置いてあるようなカゴを持って、お買い物気分で三歩は図書館を出る。時刻は既に夕方、今日は天気も良く夕焼けが眩しい。

こんな日は中庭のベンチに座って飴でも齧ろうだなんて考えていたら、あの子がいた。齧っていたのは飴じゃなくジュースのパックに突き刺さったストローだった。

「あ、お姉さん」

ガジガジと噛まれていたストローは平たい。先ほどの茶髪の女の子、先刻の不機嫌な様子を思い出して三歩は距離を取る。そうして大人笑顔でうふふっと上手くは出来ないのでいひひっと誤魔化しながら立ち去ろうとするや、「ちょっと待って」と呼び止められた。観念し、三歩は茶髪の彼女に近づく。

「ど、どうも」

「お姉さん、首から下げてるそれ本名なんですか？」

それ、と訊かれて、どれ？　と三歩は訊き返さない。三歩にとってこの質問は物心ついた時から繰り返されてきたごきげんように等しい。

「はい、むぎもとさんぽです」

「珍しい名前ー」

馬鹿にするような色はなかった。ここから名前の意味を訊かれるパターンや名前に関しての面白エピソードを訊かれるパターンについて三歩はそれなりに持ち駒を用意していたけれど、茶髪の彼女は別に興味がないように「本は見つかりました？」と訊いてきた。

「あ、あ、す、すみません、まだでひゅ」

「むー」

もう一度今度は、ごめんなさい、と謝ったけれど、彼女のむーは本に対するむーじゃなかった。

「やっぱ、お姉さんみたいなのがモテるんですよねーきっと」

「はへっ？」

いきなり急角度で飛んできた言葉に、三歩の薬指第二関節あたりから声が出た。

「まさかまさかまさかそんなそんなそんな」

首を全力で横に振るぶんぶんぶん。首から下げた名札がぺらぺらぺら。

「じゃあ、彼氏いないんすか？」

「そんなの」

三歩、無駄な嘘つけない。

「それは、今は、いま、すけど……」

「ほらー！」

足元でコンバースをぱたぱたと、地団駄を踏む茶髪の彼女におろおろしながらもこらやめなさいってお母さんの気分かなと三歩は思う。

「やっぱお姉さんくらいの抜けてる方がモテんだよなー」

「むー」

モテはしない、しないけれどあんまり否定するとまた地団駄されそうで、ひとまず感情の全てを込めてむーと表しておいた。概ね、むー。

って、さっきの彼女のむーは、またこいつ嚙みやがったぜあざとい、のむーかよ、と気づき三歩は恥ずかしくなる。

でもちょっとだけ、気づかないままにならなかったことに嬉しくもなる。

「え、あ、もしかしてそれで恋愛の本探してた、とか、ですか？」

「……むー」

「す、すみません」

バツの悪そうな顔を見ると、冗談で訊いたんだけどどうやらそうらしい。申し訳ない。これ以上立ち入るのはよそう。三歩は足を教務課の方に向ける。

「じゃ、じゃあわたひはこれで」

嚙みながら背を向けて、三歩の中になんともバツの悪い気持ちが残った。さっき、ついさっき、無邪気に嫌味を言ってくる感じ苦手だなーなんて思ったくせに、自分が同じことをしてしまった気がする。三歩は面倒くさい奴だ。自分は相手を嫌な気分にさせてもいいや、なんて考えてただ立ち去ればきっと今晩、枕無駄ニギニギ。

「あ、あの」

振り返ると、茶髪の彼女は立ち上がりかけていた。そのまま膝を伸ばすのを待ってから、三歩、勇気を振り絞る。

「あ、あなたも、良い匂いしましたよ」

元気づけるつもりで、私なんかよりあなたの方がモテますよと言うつもりで、たくさん考えた結果出てきた言葉が良い匂いしたってなんじゃそりゃ、三歩がそう思ったように、茶髪の彼女も同じことを思ったようだった。

「え？」

訊き返されたことに心折れた三歩はもう一度言葉を繰り返す勇気を残しておらず、せめてもと言い訳をするように小声で「図書館と同じくらい」と続けた。

これはむーだ。絶対むーだ。よくないむーだ。

そう思って恐る恐る若干下げていた視線をちらり上げると、茶髪の彼女はうっすらとではあるけれど笑っていた。可愛い。突然職場の利用者に良い匂いがしたと宣言した変態よりは少なくともずっと可愛い。

彼女は目をそらす――。

ちょっと面白がってくれた後に、やっぱり気持ち悪がられたのかと、三歩が心配になっていると。

「お姉さん、ごめんなさい」

「んん？」

「あの本、三階で読んでる人いました」

言うだけ言って、彼女はジュースのパックと鞄を持って、颯爽と去っていった。ほけっとした三歩は彼女の言葉の意味を考え図書館へとダッシュ。先輩達のどうしたの？　という問いにも「ちょっと三階に」と背中で答えて階段を上った。

さっきの不明本、題名と請求記号は覚えている。三階の席の間を早足で歩きながら、利用者達が手にしている本達を盗み見る。

あった。茶髪の彼女と問答を繰り返した棚の近くに座っていた、よく図書館で見る男の子が、読んでいた。

三歩はまた早足で階段へ向かう、タタタタタ。階段下りる、ダダダダダ。ダ。

一階の受付に駆け足で到着し、おかしな先輩のところに近づいていった。

「本、ありました！」

「おー三歩でかした。でもね、鬼ごっこする時には鬼に気をつけなきゃだめだよ」

「ぬぇ？」

意味が分からずにいると、おかしな先輩は三歩の後ろを指さした。振り返る。

鬼がいた。

「あてっ」

本日三度目のチョップは、「走んなっ！」という怒声と共に、三歩の脳天に降ってきた。

「や、だって茶髪の子が不明の本が」

「郵便は？」

「い、行ってきます」

鬼の指揮下にいる三歩は大人しくもう一度図書館からとぼとぼと教務課に向かった。

次の日、不明本として登録されその日のうちに不明本じゃなくなるという慌ただしい一日を過ごした件の本は、無事本棚に戻ってきていた。

三歩はまた配架に向かう。既に一回戯れチョップを食らった頭をすりすり、チョップがマイブームな女なんてきっとろくな死に方しないぞと思いながら四階、そして三階に移動する。

次々と本をテトリスのブロックをはめ込むような要領で返していき、昨日茶髪の子に出会った棚の前に辿り着く。ちょうど目の高さの隙間に戻すべき本が一冊あり、おや、と三歩は手を止めた。その隙間から、奥の本の隙間を縫って見えるちょうどその先、長机に二人向かい合って座る子達が見えた。一人は昨日例の本を読んでいた常連の男の子。もう一人は。

三歩は手に取っていた本を見る。むー、本を探すふりをしてじっと恋する相手のすきを窺ってた？　話しかける勇気が出なかった？　それとも喧嘩でもしてた？　むー。

まあいいや、本人達に訊かなければ分からないことを想像したって仕方ない、どうせ訊く勇気なんてないのだし。

三歩は手に取っていた本で、そっと隙間を埋める。

「おかえり」

麦本三歩はワンポイントが好き

麦本三歩は目が普通より少しだけ良い。あくまで三歩の考え方にはなるのだけれど、眼鏡をかけるかかけないか、かけなくても生活出来るけど、かければもっとクリアな世界が体験出来る、そのギリギリのラインを普通の視力だと想定した場合、三歩の視力は両目で見て0・8で、普通より少しだけ良い。

欲張りな三歩は更なる視力の向上を願ってはいるが、しかし、今ここに至って三歩の視力がどれだけ良かろうとまるでなんの意味もなく、彼女はただただ虚空を見つめて口を半開きにし、座った状態で指をわきわきと動かしている無力な社会人にすぎなかった。

三歩は今、一面の黒の中にいた。

先ほどまで、地下にある図書館書庫で元気に仕事をしていた三歩。事件は、三歩が取り置きを依頼されていた本の場所を調べようと、検索用パソコンの前のパイプ椅子に座った時起こった。

バチッという音がして、ずひゅーんという音がして、その後世界は無となった。

一瞬慌てた三歩ではあったのだけれど、そこは流石に大人だ、すぐに停電だと分かって、これは無暗に動かない方がいいと、復旧までじっとしておくことにした。椅子に座っていたのは今日一番のファインプレイだと言えよう。後で先輩に報告して褒めてもらってもいいくらいだけど、誰も褒めてはくれないだろう。

停電だ。停電だ。てーへんだ。

「んふふ」

くだらねーと思いつつ、自分のことすら見えない暗闇ではハードルも最早摺り足でいつの間にか飛び越している。あいにく今日はスマホもロッカーに置いてきている三歩は、文字通り手も足も出せず、その場で留まってくだらない冗談でも考えるくらいしかやることがなかった。

窓なんてもちろんない地下室、光源がなければ、目が慣れてくることもなく、依然視界はゼロ距離メートル。

と、三歩はようやく図書館員として一つ、大切なことに思い至り、行動を起こした。

「誰かいますかー」

声を出すと、たくさんの本達が吸い取ってしまうのか反響することもなく、また別の声が返ってくることもなかった。よかった。万が一図書館利用者が閉じ込められていたら、暗闇の中で突然響く笑い声を聞かれ無用な恐怖を与えていたかもしれない。更にこんな場所では、頭の中で思い浮かべたくだらないことも闇に溶けて伝わってしまうような気がした。流石の三歩もそれは気まずい。

誰もいないとなるとそれはそれで心細いなと思いながら、三歩は鼻歌を歌う。幸い、特別な繊細さは持ち合わせていないのだが、どれだけの間一人でいなければいけないか分からない状況では寂しさと不安が顔を出す。

目を開けているとなんだかふわふわと自分の体が浮いてくるようだった。これはかつて自分達の祖先が異星から地球に降り立っており、彼らが知っていた宇宙での感覚を体がしっかりと受け継いでいるのではなんて、うだうだ考えつつ、脳を落ち着かせる為三歩はそっと目を閉じた。

状況は何も変わらない、まぶたを落としただけだ。なのに、三歩はなんだか不思議な気分に襲われた。先ほどまであった何かが、すとんとなくなったのである。それが三歩の気持ちを落ち着かせたこともまた不思議であったし、三歩には何がなくなったのか、その説明を出来ないことがまた不思議であった。

なくなったものは暗さ、じゃない。目をつぶった今もなお、三歩には何一つ見えてやしない。当たり前だ、目つぶってんだもの。

じゃ、なんだろう、防御力？

しばらくぱちくりぱちくりと瞬き（まばた）を繰り返す。開ける、つぶる、あげる、おろす。ある、ない、ある、ない。

しばらくして分かった。何があって、ないのか。

目を開けた時の黒と、閉じた時の黒では、その種類が違う。

目を閉じた時、自分の目はまぶたの裏側を見ている。その一方、開けた時は闇を見ている。

闇を見ることが出来ている。つまり、闇って物質なんだ。

ただ光がなくて見えないいんじゃない、闇という物質が自分の周りにうようよとしていて、そいつらに邪魔され、周りの景色が映らない。

目を開ける。うようようようよ。

でかいまっくろくろすけめ。

「黒一色にワンポイントあればもっと素敵なのに」

独り言もこの世界では、闇に食べられてしまって誰にも届かない。届く必要もない。届く必要があればそれは独り言じゃない。

目を開けた状態で、不安の原因である闇を打ち倒さんとシャドーボクシングを続けることにもやがて飽き、シュッシュッと言い続けることにも疲れた三歩は再び目をつぶって、何もないに身をゆだねる。

ふと、よくよく考えれば、ということがおかしい、そもそも最初から考えるべきことなのだが、ここにきて三歩はようやく、今回の停電がかなりやばい事態で、自分がこれから長時間にわたって発見されない可能性について考えた。

一時間や二時間ならいい、しかしこれが半日を過ぎるとだいぶまずい。飲食が出来ないし、それにトイレとかどうする。

仕事も今日やらなきゃいけないことといくつかあるのにな、家にも今日消費期限のコンビニケーキが置いてあるし、それにトイレとかどうする。

「あ、いや、まだ大丈夫ですよ？」

誰に対するアナウンスなのか、三歩は闇の中で、両手をインタビューに答えるベンチャー企業の社長のように大げさに動かし、それから少しだけパイプ椅子の上にのるお尻の位置をずらした。

さて、しかしまあ、このまま闇を相手に手をこまねいているのも面白くない。何かしらの行動を起こそうと、血気盛んな三歩は腕を組む。

目をつぶれば、そこに闇はいない。目の前には自分の好きなことを思い浮かべられる。かと言って、別に甘いお菓子を思い浮かべようというわけではない。ああ、愛しのバームロール。確かまだ控室に、いや、そういうことではない、脱出の手はず、もしくは、この状況を利用する何か。

さっきお昼ご飯にカレーを食べたばっかりだ。白いご飯に真っ赤な福神漬けが映えていた。茶色い奴よりあの赤い奴の方が好きなんだよなあの体に悪そうな色した奴、と、そんな三歩の好みはともかく、つまり外はまだ真昼間、利用者も多いだろうが、それ故にスタッフも多い。少なくとも誰か一人は人数が足りないことに気がついてくれるはず。くれる、はず、だよな……。自分の存在感がどうなのかと、先輩達の視野に疑問を持ちつつ、それでなくとも利用者応対に人員が割かれてしまう気がして、三歩の不安はグッと体内に押し進んだ。

仮に、仮にではあるけれど、先輩達の助けを期待出来ないとして、どうするべきだろう。脱出、脱出。うーん、と唸りながら三歩はタンタンと右足を踏み鳴らし、闇を一匹ずつ圧殺していく。

実は、というのではないけれど、三歩にはここを出る方法が一つ既に頭の中にあった。この場合、ポケットの中にあったというべきか。先ほど、社長インタビューごっこをやった時にお尻の位置を変えた理由。三歩の尻ポケットには、現在、鍵の束が入っている。さっき、腕を動かした拍子お尻が一瞬浮いてしまい、その時鍵が痛い角度でごりっとなったのだ。

自分ながら肉付きのいいお尻が赤くなっているだろうことはさておき、鍵の束があって、ここを出る方法というのだから、もちろん鍵達の中に、書庫の扉の開閉に使うものも紛れ込んでいる。それを、使えば、外に、出られる。当たり前のことだ。

しかしながら、ご存じの通り、三歩は現在闇に周りを囲まれている。座っている場所から扉まで、なんとなくの位置関係は分かる。直線距離なら行けないことはないだろう。ただ、床に段ボールは置かれていなかったか、途中に本を運ぶ台車は置かれていなかったか、そこらへんの細部が思い出せない。

摺り足でいけば、そいつらがいたとしてもこけたりせずに行けるかもしれないが、それにしても問題はある。三歩がイメージ出来ているのは、椅子と扉のなんとなくの位置関係にすぎない。暗闇の中、微妙に歩き出す方向を間違えたりして、運悪く本棚の間に挟まったりして、迷子になったりはしないだろうか。今よりもっと、見つけてもらいにくい場所に行ってしまったらどうしよう。いざという時、椅子がいないのも心細い。

椅子との距離について三歩は考える。勇気を振り絞って行動に移したら、もう元の関係に戻れないなんてこともありうる。

「……ぬ」

一瞬、妙な思い出の扉が開きそうになるのを、三歩は全力で阻止した。いやいや大丈夫大丈夫、あるある、誰にだってそういうことあるある。首を横に振るのではなく、頷いて受け入れたふりをすることで、三歩はどうにか平静を保つ。

三歩は切ない思い出と椅子に別れを切り出すことを決心した。さよなら、ぐすん。

いきなりの移動は危険なので、ひとまずその場に立ち上がってみることにする。足にグッと力を入れて前かがみになり、起立。暗闇の中、景色が変わることもなく、自分が立ち上がったのかどうかを自らの体の感覚に頼ることでしか認識出来ない。その状態が思ったよりもずっと不安で不安定で、三歩は座り直した。ただいま、椅子。

いつもふらふらとしている三歩でも流石にこれはまずいと気づく。仕方ない、行儀は悪いけど、椅子を引きずっていこう。いつも一緒だよ、椅子。

ギギギッギギッと引きずり、自分のたてた音の大きさにびくついた。少し持ち上げて中腰で歩けばいいことに気がつき、実行してすぐ書架に頭をぶつけた。いてっ。痛いけれども、書架に辿り着いたのはよかった。これを右手に辿っていけば、扉の方向を間違わずに歩ける。

すいっ、どん、すいっ、どん。椅子を持ち上げてお尻にくっつけ、少し歩いては着地して書架を触る。まるでゲームで、暗闇を照らす為のアイテムを使わず歩いているみたいだと三歩は思う。あれはなんだっけ、ポケモンかな。

しばらくそれを続けていると、ふと、何かが膝らへんに当たるのを感じた。一瞬ひやっとして痛みに耐える覚悟をするがそんなに固いものでもなかったようで痛みはなかった。三歩はそこで着地をして、膝で触ってしまったものに手を伸ばしてみる。

上はかさかさごわごわで少し柔らかい。下はざらざらしていて固い。しばらく触っていると脚があって背もたれがあって、何か分かった。また椅子だっ。

しかし今度の椅子はただの椅子ではない、脚にキャスターのついた椅子だった。これがあれば、持ち上げる労力も床を傷つける心配もいらなくなるではないかっ。三歩はすぐに決断して新しい椅子に自らのお尻を預けることにした。ごめんなさい前の椅子、私、新しく好きな椅子が出来ちゃったの。

新たなアイテムを手にし、ご機嫌な三歩は書架を右手に、スイーッと床を蹴って移動する。ここで調子に乗るのが三歩のいつものパターンで、そして失敗するのも三歩のいつものパターン。床を蹴ろうとした二歩目、闇に惑わされた三歩は少し足の目的地をずらしてしまい、誤って書架を蹴ってしまう。もちろん椅子は書架から発射されたように滑らかに書庫の中を移動し、その先にあった鉄製のラックに三歩のすねを激突させた。声にもならない声をあげて椅子から崩れ落ち、三歩は蹲る。哀れ、三歩、調子に乗るから。

頭の中でひとしきり恨み言を並べ立て、それと同時にああああああと野太い悲鳴を心で叫ぶ。光があるって便利だなああそりゃ神様も光あれって言うわああ。

三分ほどの時間を要して、どうにか回復した涙目の三歩は気を取り直し、書架があるはずの方向へと戻ることにした。すねのここが痛いということはあっちからやってきてこうぶつかったわけだから多分あっち。曖昧な推測で慎重に椅子を滑らせる。

ところが向かう先に書架はなかった。あれ？　おかしいぞ、あれ？　闇の中迷子になったという実感が三歩を慌てさせる。更に、本来慎重という言葉にあまり縁のない三歩。いつか書架に当たるだろうと、両腕を前に伸ばしどんどん椅子を進ませた。そしてようやく何かに手が触れ、やった、とさわさわしてみるとそれはキーボードだった。それにモニター。この階にパソコンは一台しかない。

「戻ってきとんかいっ」

思わず出た声も容赦なく闇に食われていく。失望しかけたものの、そんなことしていても仕方ないと大人である三歩は分かっている為、周囲を探り今度こそ書架を見つけて右手を添え少しずつ前に進んでいく。慎重に慎重に。

そう、やっている最中のことだった。

三歩は、今までにはなかった息苦しさを感じていた。

運動の所為か、それとも書庫内の空気が薄くなったりしているのだろうかと彼女は考えた。

けれど、違う。

ずっと闇の中にいるストレスが、三歩自身すら感じないほどの忍び足で彼女の心に近寄り、巣くって、体調にまで影響を及ぼし始めているのだった。

ゆっくりゆっくりと進みながら、先ほど別れを告げた椅子と奇跡的な再会を果たしたあたりだ。三歩の頭にぞっとするほど唐突に、今までは気づかないようにしていた感情が割り込んできた。

怖い。

一瞬でもそう思ったことを自覚してしまえば、感情は一気に大きくなり我が物顔で体内に居座る。必死に追い出そうとはしたのだけれど。

早くここから出たいっ。

ついにそう思ってしまった三歩は、背筋を伸ばし、一旦その場から進むのをやめた。慌てて、パニックになって、怪我でもしたり前後不覚になったりしてはより状況が悪化する。そうならないよう、三歩はまず、自分がここにいるのはおかしなことではないんだと自分に言い聞かせ、深呼吸をした。目をつぶり、闇を見ないようにして、自分は好きでここにいるんだと信じることにした。

そういえば子どもの頃体験したこういうアトラクション。家族で行った科学館だったか。暗闇の中の迷路、闇雲に進んじゃ危ないよと注意を受けてもはしゃいだ三歩は止まらず、壁に肩を何度もぶつけながら、見たことのない世界が不思議で楽しくて、何度も闇に紛れたがった。

何をしてくるわけでもない闇を、怖いと思わなかった。ただの闇を、あの頃敵だとは思わなかった。悪いものだと決めつけなかった。

三歩はおもむろに右手を前に伸ばして、手の平を下に向け、山なりに横移動させる。

殴ってごめん。

仲良くしよう。

謝罪と仲直りを申し出ると、不思議なことに、闇達の肌触りが少し良くなったような気がした。共存を認めてくれていると、三歩は感じた。

ただそこにあるものを悪いものだと決めつけて傷つけようとするなんて、いじめっ子と一緒だと、三歩は反省する。

深呼吸を続けると、呼吸は整い始め、心臓もやがていつものペースを取り戻した。

どうやら大丈夫そう。

瞬きをして、眼前の闇達を見据え、足に力を込めて、いざ今度こそ出口に向かって前進あるのみだ。と、三歩が意気込んだ、その時。

天井からジェットコースターの発車音のようなものを聞くのと同時に、そこらにいた闇は、全てその身を隠してしまった。

「ぎゃっ！」

三歩は思わず両手の平で顔を覆う。目の前で爆弾でも炸裂したのかと思った。三歩は本当にその可能性があると思った。だから恐る恐る目を開けた。もちろんそこにあったのはいつもの書庫で、前方にいるのは一方的に別れを告げてしまったあの椅子で、火の手が上がっている様子も、爆風の影響も見受けられなかった。

電気がついていた。

「おーい、三歩無事ー？」

先ほどまで目指していた先から、扉が開く音と共に、声が聞こえた。しばらくすると声の主が顔を覗かせ、その顔を見た三歩がすぐに正気を取り戻せればよかったのだけれど。

「おかしな先輩……」

「え、何それ」

「……あ、いや、ちょ、錯乱状態でっ」

「それ自分で言わなくない？」

「え、いや」

まあ何はともあれ無事でよかった椅子に座ったのは賢明だったね、とおかしな先輩は三歩が思わず口にしてしまった失礼な脳内呼び名をスルーしてくれた。あっぶねー。

三歩は目をシパシパさせながら立ち上がる。目というものは全身と直結しているのか、しばらく何も見えなかっただけなのによろけてしまった。おかしな先輩が気を遣ってくれて、もう少し座っていることにした。

光に目が慣れるのを待ち、もう一度立ち上がると今度は大丈夫だった。おかしな先輩の後ろについて、しばらくぶりに書庫を出る。尻ポケットから鍵を出して、出入りするごとに鍵を閉めなきゃいけない扉をきちんと開錠アンド施錠。カウンターに戻るとスタッフ達は非常に忙しそうで、図書館自体がざわついているようであった。

しかしバタバタと忙しそうにしながらも、先輩達は三歩を気遣う言葉をかけてくれた。ことに優しい先輩は、真っ暗闇にいたと伝えると、とても三歩を心配してくれた。

「なにもなくてよかったー」

「ほんとに、あ、でも」

「なにかあったの？」

「えーと、友達が出来ました」

「……休んでていいよ。ほんとに大丈夫？　医務室行く？」

その後シフトが終わるまで、優しい先輩からは要らぬ気遣いをされ、怖い先輩からもそれなりに心配され、おかしな先輩からは友達を紹介してと言われた。

残念ながら誤解を解く時間は、利用者応対に追われる三歩達には訪れなかった。


お昼の体験が思ったよりも脳に影響を与えたのかもともとそういう人間だったのかは分からないということに三歩はしようと思うが、仕事が終わり家に帰って鍵を開け、手洗いうがいをし、一息ついて今日はハプニングを乗り越えた日だったし自分へのご褒美でご飯を一合半炊いてやろうそいつを攻略するおかずももちろん凶暴な奴でなくてはとほくそ笑み、テレビを見て午後の紅茶レモンティーを飲んで、そろそろ夕飯を買いにスーパーまで出かけようと思ったところで気がついたことがあった。財布やスマホやその他諸々を入れた鞄を持って帰っていない。

そんなことあるかしら、としばらく自分の抜け方を信じられないでいた三歩も玄関とリビングを七往復したところで、ああねえわ、と諦め玄関への往路でそのまま外に出ることにした。家の鍵と定期券だけは、癖でポケットに入っていた。

外は既に真っ暗で、駅まで歩く道中や電車内はスーツ姿の方達でいっぱいだった。多少息苦しくはあったけど三歩が乗る区間はわずか四駅。それくらいなら近くにいた酔っ払いに嫌な気分になる暇もない。五駅だったら危なかったかもしれない。

いつもの駅で降りいつもの改札口を出ていつもの道を通る。職場である大学図書館の自動ドアを通過すると、三歩の好きな匂いが彼女を包み込んだ。夜の図書館には静けさのアクセントがいつも加えられているけれど、今日は慌ただしさの名残という刺激的なワンポイントも加わっている。しゃれっ気がある。

スタッフ以外立ち入り禁止の扉を開け、中に入ると、誰もおらず、三歩は自分のロッカーから鞄を取り出した。ごめんね、置いてけぼりにして。

本当はこっそり来てこっそり帰るつもりだったのだけれど、ロッカーを閉める時に音をたててしまった。泥棒に間違われないよう、三歩は控室と直結のカウンターに出て、スタッフさん達に挨拶をして帰ることにした。

すみませぬ～、と頭の中で唱えながら実際には「しゅみません」と噛みながらした挨拶に、カウンターで一人作業をしていたおかしな先輩が振り返った。

「お、三歩、お姉さんに会いたくなった？」

のったらめんどくさそうだな、と思いながらスルーする勇気もなく「そ、そんな感じの」と答えると、おかしな先輩はすぐさま立ち上がって近づいてくるなり、無言で三歩の頭頂部と顎に手の平を置いて全力で撫でまわしてきた。しばらく無抵抗に全てを受け入れていた三歩だったが、いつか脳震盪なるわっ、と頭の中だけで唱えてそっとおかしな先輩の両手を摑んだ。

「鞄を、ロッカーに忘れまして」

「マジか、ばっかでー」

うわっ、いらっ、としかけた心を撫でまわして静めた。

「一人、なんですね」

「うんっ、皆まだ色々確認してて、しかし今日は大変だったね、三歩」

「ああ、いえ、まあ」

「お、怖くなかったの？　三歩は強い子だね、チョコレートあげちゃう」

おかしな先輩は仕事用エプロンのポケットからチロルチョコを取り出し、渡してくれた。図書館内は飲食禁止。

三歩はお昼のことを思い出す。怖くなかったの？　か。

確かに、大変だったのは、大変だったのかもしれないけれど。

「なんか、ワンポイントでしたね」

周りの色を映えさせるワンポイント。普段気づかない魅力に気がつくためのワンポイント。

自分で、しかもドヤ顔で言っておきながら伝わる気がしなかった三歩は、言葉を付け足そうとしたのだけれど、おかしな先輩は優しい笑顔になって「そっか」と一言だけを置いた。

おお。なんだか初めて、おかしな先輩と心が通じた瞬間があった気がして、三歩の表情が満面の笑みに向かおうとしたのに。

「彼氏とは電気を消すタイプ？」

あ、別になんも通じてないわ。

三歩は薄い笑顔を作って「おつかれしたー」と残し、カウンターを館内方向に出て利用者用のゲートを通って帰ることにした。途中一度振り返ると、おかしな先輩は真顔で手を振っていた。あの人こっちが振り返るか分かんないのに手振ってたのか。しかもなんだその真顔は。本当に一体何を考えているんだろ。

先輩の奇行に頭を巡らしながら帰宅途中スーパーに寄った三歩は、生姜焼きの材料と、それからふと思いついて、赤いリボンを一つ買った。

罪滅ぼしもかねて、あの椅子に似合うかなと、選んだ。

麦本三歩は年上が好き

麦本三歩にも休日はある。一週間のうちに祝日がなくとも多くて三日、少なくて一日は休める。つまり、祝日がなければ最低でも四日は出勤し、多い時には六日出勤する。シフト制なので多少のずれはあるが、社会人として標準的な出勤回数を一ヶ月のうちに叩き出す。正直なところそんなに出勤したくないのが本音だ。けれど出勤しないとお金が貰えないので三歩はジレンマを感じている。本当は週二日の出勤で今の倍のお給料を貰えないかなと願っているが、そんなことはありえないので三歩はジレンマだと思っている。それはジレンマではないが、三歩はジレンマという言葉の響きが好きなのだ。時にはかっこつけてディレンマと言ってしまうくらいだ。何がかっこいいのか三歩に訊いてみても要領を得た答えが返ってくるかは分からない。

三歩は休日を一人で過ごすことが多い。一人暮らしだからというのが最大の理由だが、三歩の休日は平日である場合が多いので、友人達と休みを合わせにくいというのもある。また最近においては、彼氏と呼べる存在がいないというのも理由の一つだ。

前に学生から恋人の有無を訊かれて有と答えた三歩は、いやあれ嘘じゃないんですよ見栄を張ったんじゃないんです信じてくださいごめんなさい、と、求められてもないのに心の中で言い訳をする。でもでも、と三歩の弁解。考えてみてもほしいんだけど、あの時私ちょっと言いよどんだ感じしたでしょ？　あれはね、あの頃にはもう微妙な感じだったんだよ、男女には色々あるでしょ？　お姉さんからの教訓ですよ？　と訊かれてもいないし届きもしない講義を脳内で偉そうに始める。あたかもさして別れたことを気にしていないような感じで。ギャン泣きしてやけ酒して吐いたくせに。

その時のことを思い出してまだジワリと来てしまうほどには三歩の心は傷ついているので、詳細は省く。ジワリは傷口が開いて血がにじむ音ではない。そこまでじゃない。

ともかく男は全員くそだから死滅したらいいと思っていた時期も今は脱し、彼には彼なりの考えがあるんだから、というところまでは行ききっていなくて、あいつ一人の上に隕石が落ちればいいきっと落ちる、とだけ思っている三歩は今週も休日を迎えた。

基本的に三歩は休みの日になると寝坊する。特に予定があるわけではないんだけれど、起きようと思っていた時間を大体一時間は通り過ぎる。そこから二度寝三度寝してしまう日もあるけど、今日は最初の覚醒からまた熟睡したりはしなかった。寝坊はした。

本日の目的を三歩は決めていた。お昼ご飯をこの前見つけたラーメン屋さんに食べに行くこと。その目的故に朝ご飯を早めに食べておかなければならず二度寝をしなかったのだ。二度寝してしまったら朝昼兼用でラーメンを食べたらいいんじゃない？ともし言われたなら、三歩は、えー無理無理、と答えるだろう。朝ご飯食べないのは辛いから無理、じゃない。流石の私でも二食分を一度に食べるのはちょっと無理、という意味だ。三歩の食事に引き算は存在しない。

午前中は昨日サボってしまった洗濯を片づけたり、掃除機をかけたり、三歩にしては随分とまともな時間の使い方をした。家事を一通りこなして気がつけば正午過ぎ、三歩は軽ーく化粧をして着替え、意気込む。いざ出陣じゃ。

最近少し気温も高くなってきて、代謝のいい三歩はロングTシャツの袖をくるくるしたものに八分丈のジーンズ姿。肩から小さい鞄を下げて、足元は休日用青いニューバランス、軽快にステップを踏む。

普段どこかに出かける時、三歩はその日の気分によってｉＰｏｄを持つかどうかを決める。今日は音楽を聴きながら歩く気分だったので、家の鍵を閉めたら早速、耳にイヤホンを差し込んだ。選曲はｉＰｏｄの全曲シャッフル機能に頼る。本日の一曲目はスチャダラパーの『アクア フレッシュ』。

ラーメン屋さんにはてくてく歩くこと二十分ほどで着いた。三歩の徒歩による活動可能範囲を考えるとかなり近いと言えるこの店を、実は先日まで知らなかった。理由は、家からこの店までの道のりに、ひいきにしているたい焼き屋さんがあるからだ。近くまで来ると、最初は買う気がなくてもたい焼き屋さんが仕掛ける香りの結界につかまってしまう。いくつかのたい焼きを買ったら散歩中でもそこで心が満足して、引き返してしまうのであった。

今日もたい焼き屋の結界につかまりそうにはなったものの、後で寄りますのでぇ浮気じゃございませぬぅ、と心の中で言い訳をしてラーメン屋に辿り着いた。両耳にはＲＨＹＭＥＳＴＥＲの『ライカライカ』が届いていたが、一旦イヤホンを外す。これからこのラーメン屋との一騎打ちが始まるからだ。音を遮断されては戦えない。

暖簾（のれん）をくぐって、手前に引くタイプのドアを開けると、ベルと一緒に「らっしゃーせー」。ご飯時とあって店内にはたくさんのお客さんがいたが、カウンター席が一席空いていて三歩は安心した。もし席が全く空いてないならないで待てばいいだけの話、これはなんの問題もない。三歩が心配していたのは二人席とかに通されて店内が満席になり、後から来た二人客を待たせてしまうようなパターン。早くどけよと思われてやしないかと邪推で疲れてしまう。

食券式なのも人見知りな三歩にはとても嬉しい。券売機で左上に位置する醤油ラーメンのボタンに、基本！　と書かれた黄色いシールが貼られているので、三歩はそのボタンを気合を入れて押す。ついでに大盛り券も買う。

お昼休み中なのだろうサラリーマン二人の間に座り、醤油ラーメンの食券と大盛り券を店員さんに渡した。ひょっとしてあれだけ目立つように、基本！　シールを貼っているということは、初めて来たくせに基本形を食べずに大盛りにしてんじゃねえよ、と怒られる可能性もあるか？　訝る三歩の心配はもちろん一蹴され、店内には大きな大盛りの声が響き渡った。三歩は女子なのに大盛りを頼んだことを気にしちゃう系の人間ではもちろんない。むしろ大盛りを周りに誇示することを威嚇のように捉えている。なので大盛りはこのお客様でございますというように店側から紹介してくれるのは、三歩にとってとても気持ちのいいことだった。何が気持ちがいいのかは三歩に訊いてみても要領を得た答えが返ってくるか分からない。

さーて食うぜー、こいやー、おらー。と、リングに上がるボクサーのような気持ちにサンドバッグを殴ったこともないくせになりながら三歩はラーメンを待つ。途中横の客のチャーハンをチラ見しながら次来る時の予定を立てることも忘れない。

空腹でついついカウンターに置いてあるセルフサービスの辣韮(らっきょう)に手を出しそうになるもぐっと耐え、最初の一口はスープに決まっているんだという自分用の規律でどうにか欲望を飼いならす。どうどう。

おいおいあんまりうちの暴れ馬をじらしちゃ偉いことになるぜと、三歩はお腹をなでなでしながら頭タオルお兄さんを挑戦的な目で見つめ続ける。続けること、五分。ついに、「ったーせしゃーした！」の声と共に三歩の前に湯気もくもくのどんぶりが届いた。三歩はどんぶりがカウンターに着地するのも待ち切れず手で迎えに行く。

「気をつけてくださいっ」と言われながら受け取ると、想像していたよりずっと熱く、しかしもう離すわけにもいかない。とはいえあっつくて数ミリ浮いたところでどんぶりを離してしまって、波打つスープがちょっとカウンターにこぼれた。もったいないつ。

三歩みたいな人がわりといるのかカウンターの上にはピンクのふきんが置いてあった。いそいそとこぼれたスープを拭きながら、それなら受け止める用のミトンも一緒に置いておいてくれと三歩は思う。普通はお店の人がどんぶりを置いてくれるのを待つのだ、とは誰も言ってくれないし、三歩は学校で習ってない。

さてさて、匂いたってくる醤油とダシの香りにもはや自分をおさえられない三歩は、ふきんを元あった場所に戻し、右手を自分の鎖骨の前あたりにセットする。そこに左手も持ってきて、「いただきます」。急いでレンゲを手に取り、スープをふーふーして一口、ずずっ、熱っ。火傷（やけど）した。ふーふーしたのに、肺活量のなさ故か、慌てすぎた為か。

熱い、が、スープはめちゃくちゃ美味かった。こりゃあ麺と一緒に食べたらどうなっちまうんだ、自分が怖い。恐れていては何事も前に進まないので、意を決して三歩は割り箸を手に取って割る。今日は綺麗に割れた、いぇい。多くの場合、三歩は持つところの体積が偏った割り箸を使っている。

麺を、さっきよりふーふーしてからいただく。はちちっとなりながらすすった細麺の味は三歩を瞬く間に天にも昇る気持ちにさせた。一瞬目の前で火花が散ったかと思う感覚に襲われ、あと一歩で戻ってこれなくなるすんでのところで生還を果たした。

「うめー」

思わずわずかに上を見ながら言葉にしてしまうと、ちょうどカウンター内のタオル兄さんと目が合ってしまった。悪口は言ってなかったけど、わざわざ美味しいことを伝えようとしたコミュ力の高い奴だと買いかぶられても困るので三歩はすぐ目をラーメンへと戻した。これ大好きな味だ、大盛りにしてよかったナイス数分前の私。

自分からの賛辞に後押しされ、三歩はずるずるとラーメンをすすりあげていく。チャーシューも三歩が好きなトロトロの奴、んまい。半分くらい食べたところで、あーどんどん減っていくーと思いつつも減らさずには食べられない悲しい人間のディレンマを感じながら、三歩はあっという間に一杯のラーメンを堪能した。

水を一気に飲み干し、次来るお客さんの為に席を空けることにする。とっても美味しかったからお礼を伝えなくては。

「ごちそうさまでしつぁー」

噛んだ。少しお兄さんの迫力に怖気（おじけ）づいたのがよくなかった。

お兄さんからも礼のお返しを受け取って、三歩は暖簾をくぐり、外に出る。店内の熱気とは違う、爽やかな風が前髪をさわさわとしてきた。さて。

「食べたら食べたくなってきた……」

太陽の下に出て、ラーメン屋で大盛りを食べたばかりの女子の脳内に浮かぶとは思えない言葉を呟いた三歩は、てくてくと来た道を戻る。例の結界の中に自分から入っていく所存である。

たい焼き屋さんの前に立ち「一つくださーい」。お店のお姉さんが口を開きかけたところで、食いぎみに「すぐ食べます！」のコール。果たして勢いが良すぎたのか、ふふふっと笑われて恥ずかしい気持ちも、熱々のたい焼きが食べ歩き用の紙に包まれて出てくれば、口の中に広がる味の予定で脳内が満ちてしまう。味の予定で一回満足出来る女、三歩。

「いつもありがとうございまーす」を受け取り、間違って「ごちそうさまでしたー」と食べてもないのに言ってしまったことにも満足三歩は気づかなかった。せっかく噛まずに言えたのに。

「いただきます」、鯛の頭の方をふーふーふーしていただく。しかしラーメンのスープひとすくいで火傷する三歩が、たい焼きを無事にファーストバイト出来るわけがない。案の定、大口でいって「あづっ」と一旦歯形だけを残し、今度は気をつけて前歯でちょびっとだけ齧る。うん、あちーあめーうめー。

ぬるくなるまで待つ予定は三歩にはない。はふはふしながら帰りの道を歩く。食べ終わったら喉が渇いたのでコンビニに立ち寄り、午後の紅茶を買うついでにたい焼き持ち紙をゴミ箱に捨てた。

夕飯は何にしようか、と早くも次の食事に意欲を見せ始めた頃、家に着いた。帰ってきたら手洗いうがい。だらしない三歩が忘れることのない、子どもの頃から体に沁みついたルーティーン。過去めちゃくちゃ外で酔っぱらい、友達の家に泊めてもらった時には家主より先に手洗いうがいを済ませたらしい。覚えてない。

夕飯の準備に取り掛かるにはまだ早い。流石の三歩もお腹それなりにいっぱいだ。ということで、ダラダラとした時間に入ろうと思う。三歩はテーブルの上にノートパソコンを用意して椅子に座り、起動を待つ。午後の紅茶をくぴり。

動画を見る為でも、まさか何かしらの勉強をしようと思ったわけでもない。パソコン画面にカーソルが現れたら、アイコンをクリックし、グーグルの画面を出現させる。

ブックマークされてるサイトから三歩に選ばれたのは。

「らーじこ、らじこー、今日は金曜日だーかーらー」

鼻歌を歌いながら、三歩は自分が住んでいる地域で流れるものとは違うラジオ局のチャンネルをクリックする。パソコンから流れ出す、低くてとても聞き取りやすい男性の声。ちょうどメールを読み始めたところだったようで、ラジオに合わせて三歩も「だいごさんこんにちはー」と挨拶をする。

音量を少しだけ下げてから、ノートパソコンをそのまま放置。三歩は部屋着のスウェットに着替え、ベッドに寝転がりスマホを眺めた。午後の紅茶はちゃんと手の届く床に置く。完成、三歩のだらだらタイム休日スタイル。

三歩にラジオを聴く習慣が出来たのは、大学に入ってからだ。バイト先でずっと流れていたのを耳の端で聴いていた。それをきっかけに、家でも聴くようになった。大学を卒業し、今の家に引っ越してくると、大学時代に聴いていた番組がこちらでは聴けないことを知りがっかり。ちょっと調べて全国のラジオ番組を聴けるサービスが存在することを知った三歩はしてやったりと早速登録して、それから今まで知らなかった全国のラジオ局の番組も聴くようになった。月に数百円、三歩の贅沢。

部屋に現在流れる番組は、関西のラジオ局のもので、金曜日が休日であった場合に三歩はこの番組を選ぶことが多い。ＤＪの、声が好きなだけじゃなく、実はホームページなどに載っている彼の顔もちょいタイプだったりする。ちなみにスマホでも聴けるはずなのにパソコンを使うのは、ずっと再生してるとボディーが熱くなるのがなんか怖いから。

ＤＪの心地よい声、知らなかったバンドの曲、窓を開けているのでそよそよと揺れるカーテン、柔らかい布団、なんて気持ちがいい。

三歩はスマホをいじりながらついつい、そのまま昼寝をしてしまった。すやー。

んー…………ふがっ。

目を覚ました三歩は一瞬自分が置かれた状況が分からず、え、どこ、何時、朝？　え、遅刻？　と夕日を朝日と勘違いしてしまい大層慌てた。よくよく考えれば、夕日ほどのオレンジ色が部屋に差し込む早朝の時間帯であれば余裕で出勤時間に間に合うのだが、寝ぼけ三歩に常識は通じない。

時計を見て、よかった昼寝明けだとようやく気づく。パソコンからは寝る前に聴いていたのと同じＤＪの声が流れてきていて、あまり時間は経っていないようだということに安心した。

よっと、両足を天高く持ち上げ反動で起き上がろうとするも、勢いと腹筋が足りず再びお布団に帰ってくる。諦めて腕の力で起き上がり、大あくびをしながら開けっぱなしだった窓を閉めてその後、口も閉めた。

立ち上がりついでに、冷蔵庫の中身を確認することにした。飲み物はある。食べ物もあるにはあるけど、休日の最後を彩る夜ご飯を作るには少々心もとない。チーズともやしだけで飯は食えない。

危うく食って寝てまた食う休日になりかけた三歩を食欲がかりたてた。米を一合、炊飯器にセットして、パソコンを操作しラジオを切る。脱いで椅子の背もたれにかけておいた服を着て、丸まって床にポイ捨てされていた靴下を履く。そして鞄を肩にかけ、鍵を持ってニューバランスを履けば再びお出かけスタイルの完成だ。

お昼よりも少しだけ外の気温が下がって感じられた。くるくるしていた袖を伸ばし、いざスーパーへ。今日は家から一番近いスーパーへと行くことに決めた。あまり長い距離を歩きたくないわけではない。もやしが冷蔵庫にあった。なので、これをキムチ鍋にでもして使い切ろうと思ったのだけれど、三歩愛用のキムチ鍋の素が常備されているスーパーはこの辺では一つだけなのである。あまり歩かない分、今日は寝る前にストレッチでもするといたしましょう。

ポケットにそのままｉＰｏｄが入っているのを感じたが、今回のお出かけは生耳で挑む。目的地が近いからじゃない。夕方頃の近所に散らばる、人々の帰宅の音を聞きながら歩くのが好きだからだ。

散歩している犬とずっと目が合った状態で歩いたりするものだから、三歩は危うく電柱にぶつかりそうになったが、辛くもスーパーへの無血入場に成功。店内を色々と物色し、購入したのは件のキムチ鍋の素と豚バラ肉、最初から細切れにしてくれている白菜、豆腐、以上。明日は明日の食べたいものがあるはずだから、三歩あまりまとめ買いはしない主義。買っておいて忘れてしまい腐らせてしまったいくつもの経験が、三歩を成長させたとも言える。

寄り道はせず家に帰る。またすぐ手洗いうがいを済ませ、買った食品達を冷蔵庫にぶちこむ。靴下を脱ぎ散らかし、鞄を下ろして今日はもう着ない外着をそっと木で出来たハンガーにかけクローゼットにしまった。カーテン全開であるにもかかわらず部屋着を着る前に外出着の処理に取り掛かったのは、三歩の行動の順序立てが極めて下手なことだけが理由ではない。マンションの前が川と背の低い民家なので、滅多なことでは覗かれない、と不動産屋さんが言っていたからだ。もし誰かがどこかから双眼鏡なんて使っていた場合は下着姿が丸見えだが、そこまでの気合を入れてこられたらもう完敗だ仕方がないということで、三歩は納得を得ている。

のろのろ部屋着に着替えた三歩には、まだ時間がある。ご飯も炊けていないし、日も沈んでいない。んー、どうしようか。床に置きっぱなしだった午後の紅茶を一口飲んでから、そいえば、図書館で借りた本を読み切っていないことを思い出した。仕事中に見つけて気になって借りたまま通勤鞄に入れっぱなしなのだった。

椅子に座って、たまに床に座って椅子をテーブル代わりにしたりして、本を読んでいると、甘みの予感みたいな匂いが三歩の鼻まで流れてきた。そろそろだ。

三歩の感覚に狂いはなかった。まもなく炊飯器が鳴いて家主を呼んだ。しかし三歩は立たない。お米とお腹をじらす。まだ空腹度が十分ではない。それに今食べたら後でお腹が空いてしまう。

一時間ほど、三歩は本をちょうどいいところまで読み、いよいよと立ち上がった。屈伸をして、背伸びをして、首を回し、トイレに行った。

さあて、夕飯の準備だ！　三歩は意気込むものの、今日の夜ご飯はキムチ鍋の素を使ったキムチ鍋、簡単。野菜を洗って、一人用鍋にキムチ鍋の素と、材料を切ったものをぶちこんでＩＨコンロにかけはい終了。余った三歩の気合は、食す時に用いられる。

キムチ鍋の素の瓶を見ながら、このマイルドタイプをどこにでも置いてほしい、とぼんやり考えているうちに、火が強すぎたようでスープが吹きこぼれた。もったいない。

いつもこういうことをするのでキッチンに常備してあるキッチンペーパーでこぼれたスープを拭き取る。そういえば次に鍋を作る時までにミトンを買おうと思っていたのを忘れていたと思い出した。きっと次も忘れるだろうと思ったけれど、メモするのもすぐに忘れた。

キムチ鍋の匂いに、野菜や肉の匂いが混ざって、極上に美味そうな匂いが立ち込める。換気扇は全力運転、キッチンとリビングを隔てるドアは既に閉めている。リビングにこの匂いが充満したら、きっとキムチ鍋の夢を見る。夢の中ではまた違うものを食べたい。

白菜のくたり具合で出来上がりを確認。タオルで鍋の取っ手を持ちリビングまで運ぶ。も、パソコンを片づけてもなければ、鍋敷きを置いてもなかったことを思い出し、キッチンにリターン。一度鍋を戻してからテーブルを鍋用にセットし、改めて恐る恐る鍋をテーブルまで運ぶ。これをこぼしては大惨事なので、めちゃくちゃ慎重に運ぶ。にもかかわらず、途中脱ぎ散らかした靴下を踏んでしまい滑りかけ、「ぎゃあ！」と思わず声に出た、もののどうにか踏み止まった。靴下の摩擦力ありがとう。意外とあるじゃないか私の体幹。

午後の紅茶はもうなかったので、麦茶をコップについで、一合のご飯を一気に茶碗にもって、夜ご飯完成。あとははふはふしながら食べるだけ。

「いただきます」

キムチ鍋は美味かった。お昼のラーメンのような初対面のドキドキはないが、また出会えたねという安らぎをくれる。体と心に馴染む。

三歩なりによく噛んであっという間に食べ終えたら、すぐに片づけを始める。三歩はそれなりに自分の性格を理解していて、すぐにやらなければ面倒くさくなって明日の朝までやらないだろうことを知っているのである。積み重なるとすぐにゴミ屋敷になってしまいそうなので、最初の一事を始末するのだ。褒めてほしいと三歩は思う。

「おとなだってなくーぜー、おとなだってこわいぜー、おとなだってさびしいぜー、おとなだってはしゃーぐぜー」

鼻歌、というか思い切り歌いながら洗い物を済ませ、手を拭いたら三歩はリビングの椅子に座り、だらしなく背もたれにしなだれかかった。全身にみなぎる一仕事終えたぜ感。

あ、冷凍庫にアイスがあったんだ。三歩は先ほどの五分余りの重労働のことも忘れ、るんるん気分でキッチンに戻る。冷凍庫のドアを開けてみると、予想通りＭＯＷのチョコ味が入っていた。手を伸ばして、アイスに指がかかるところでふと思い直す。お風呂に入ってからにしよう。

代わりに以前コンビニで当てた缶コーヒーを冷蔵庫から取り出した。普段は紅茶党なのだが、コーヒーもたまに飲む。

椅子に座り、ふぅと一息つく。

そして、我に返ったかのように、三歩は思った。

あー、なんも起こんなかったな今日。

初めてのラーメン屋さんに行ったり、たい焼き食べたり、昼寝をしたりしたが、基本的ないつもの三歩の生活からはみ出ることは何一つ起こらなかった。決してそれを悲しいと感じているわけではない、三歩は身軽だったと感じている。以前にもあった似たような休日よりも、ここ数回の休日はとても身軽に感じている。んー、何故だろうかと考える。

別に、いつも彼と一緒にいたわけでもないしなー、と、今となってはあまりよくない思い出に二人でしてしまったあれこれについて考えていて、三歩は気がついた。

今日、彼のことを思い出したの、初めてだ。出会って好きになって付き合って別れた、なんでもない関係の彼のこと。

缶コーヒーを三歩はちびりと飲む。

以前なら、初めてのラーメン屋さんに行ったら、これを彼にも食べさせてあげたいとか。夜ご飯を作る時は、彼に何かふるまえるようになった方がいいんだろうか、とか。部屋着も、何か可愛いものにした方がいいんだろうかとか、会っていなくてもそんなことを考えていた。

それはそれで楽しかったけれど、でもきっと大変でもあったんだろう自分にとっては。幸せの中にある重労働。麻痺していて気がつかない重労働。しなくてよくなって、身軽になったのだ。

三歩は一人でへへんと笑った。別に身軽になったことに気がついて、彼との思い出が全ていいものに変換されたわけではない。ただ、身軽になったということはもう少し食べてもいいだろうと思いついただけだ。三歩は部屋の隅に置いてあるお菓子用秘蔵ボックスを開けてコロンを取り出した。

コロンをしゃくしゃく食べながら、スマホを見ていると、大学時代の男友達からラインが来た。なんでもないラインの内容に、三歩は「いまひま？」と変換する手間すら惜しむ返信をした。すると相手は家にいることを伝えるラインを返してきたので、三歩はすぐさま電話をかけた。

「あのさ、教訓なんだけど、彼女と別れたあと、相手から身軽になったなんて思われる男にならない方がいいよ」

一方的に勝手な講釈をたれると、友人からの『は？』という声が大きく脳に響いて、三歩は大笑いをした。

麦本三歩はライムが好き

麦本三歩は電話中。

「そーこの前も怒られちゃって、単独で先輩に反抗はしないよ、命あっての物種だって知ってるし。同期でもいれば脅威に立ち向かえたかもしれないけど、お財布がだいぶ寂しいからね図書館も。そーか、ん、まあ大変だよね、どこも。どこぞの偉い人が本の未来にお金出してくれたらいいのにね、私達にはほんとびた一文回ってこないだろうけど。あははっ、高給取りが何をおっしゃいますやら。そうだね、トルストイも言ってるよ。逆境が人格を作るんだって。雑草魂でやるしかないよね。しがない三歩もからきし上がらない給料で頑張ってますよ。へぇ、言う通りでございます。やらしい話、出世すればね。屈折した大人になったもんだよ、否応なしにお金の話ばっかり。やっぱりどっかで歪んじゃうね、あはは。あ、そういえばお金の話ついでなんだけど、日本一高いコーラって知ってる？　基本位置エネルギーで、富士山山頂は五百円なんだって。寒そう。ともかく例外があって、さらって言っちゃうだなんて興ざめかもだけど、どうあれ一番高いのはホテルなんだよ。二千円くらいだって。溺れるくらいコーラ飲めそう。不健全そうな大人達が飲んでんじゃない？　ほんで瓶らしい。信頼出来るよね瓶コーラはインモラルな感じが。レモンかライムがオンザタイムでついてくるって、前置詞いらないか。君にはレモンあげるよ、私はライムが好き。えーと、ラピスラズリの」

『あの、三歩ちょっといい？』

「うん、どうしたの？」

『あれかな、ひょっとして、ずっと韻踏もうとしてる？』

「おっと、ばれたか」

麦本三歩は生クリームが好き

麦本三歩は聖人君子ではない。清廉潔白でもなければ純真無垢でもない。人並みに優しさを持ち人を愛しはするが、同時に、人に怒り、憎みもするのである。いや憎むというと不倶戴天の敵を日夜呪い殺そうとする三歩を想像されるかもしれないがそういった面倒くさいことを三歩はしない。飽きっぽいため感情の持続も難しい。ただ単純に、怒りがあるボーダーラインを越えた瞬間、てめえのアキレス腱えぐりとってその口にねじ込んだろか、と思うだけなのである。

三歩の怒りは段階を踏む。大抵の場合、三歩の怒りは人の心無い行動に伴うものであるが、まずはギョッとする。世の中にそんな心無い言動を体の外に出すことが出来る人がいて、こんな近くで生きているのだということにショックを受ける。次に三歩は戸惑う。どのように対処すべきなのか、自分には何が出来るのか、あわあわとする。そうして戸惑っているうちに大体何も出来ずに終わってしまう自分に落ち込む、これが三段階目。その後、三歩は気がつく、悪いことをしたのは自分ではない。誰かを傷つけようとしたのは自分ではない。どうしてあんな意地悪な人間の為に、善良な人、三歩自身も含む普通に生活しているだけの人が傷つけられなければならないのか。怒りが湧き上がってきて、思うのだ、てめえの持ってるトートバッグの紐全部ジャケットに縫い付けたろか。相手がトートバッグを持っているかどうか、ジャケットを着ているのかどうかにかかわらず。

ちなみに最近一番腹立たしかったことは、お気に入りのパン屋さんで個数限定販売の生クリームたっぷりクリームパンを買おうと並んでいたら、前にいた女性のところに友人らしきグループが話しかけ、そのまま列に加わって三歩の直前でクリームパンが売り切れたことである。後ろに並び直せと注意する勇気のなかった三歩はそいつらが全員自転車に足をひかれるよう願い、もう一つひいきにしているパン屋さんまで歩いてクリームパンを買った。こちらも美味しいのでまあよし。

こういったことをたまに口にすると、三歩って怒るんだねとか、三歩でも恨み言を言うんだねとか驚かれたり、ことによっては、失望したような顔をされることもある。喜怒哀楽があるに決まっているのに、心外だ。ぼうっとしていると言われたり、間抜けと言われたりすることよりもずっと、心外。

しかしまあ心外な言葉を投げつけられることに三歩は、自分の感情の伝え方が下手なのだ、と一つの理解を見せている。悪い奴や周りの人に直接きちんと自分が何を気に入らないと思ったのか、それを説明出来ればいいわけなんだけど。

しかし独学でその手法を覚えるというのは、なかなか、難しい。今日も図書館で働いていて、嫌いな男の先生から書庫の本を取ってくるよう言われ、いや厳密には書名を書いただけの紙を投げるように渡され、それでもきちんと持っていくや「遅いっ」と吐き捨てるように言われ、そこで図書館は教育の側面も持った機関なのだから態度を改めるよう注意の一つもすればよかったのに出来なかった。頭の中で、その長い髪の毛に百科事典結び付けて海に沈めたろか、と思うくらいなら何か言えればよかったのに。

そんな自分の脳内に落ち込む三歩がカウンターで事務作業に勤しんでいると、三歩の事情なんて知るよしもない利用者が声をかけてきた。あんまり態度がよろしいとは言えない感じの男子学生は昨日電話がかかってきて受付に呼び出されたと言う。そういえば出勤した時に、話を聞いていたことを思い出し、三歩は「お待ちください」と言い置いて、控室で仕事を片づけていた優しい先輩を呼んできた。またちょっとやっかいそうな応対を先輩にパス出来て、ほっとする小ずるい三歩。

優しい先輩が笑顔で無愛想な男子学生に「こんにちはー」と声をかけるのを見届けてから、三歩は事務作業に戻る。怖い先輩から任された業務だ。サボっていたら雷が落ちる。

とはいえ優しい先輩と男子学生の会話は、カウンターを挟んで行われているわけで、会話の断片は三歩にも届く。もちろん神経はパソコン画面に向けているから傾聴しているわけではないんだけれど、ちらほらと内容は聞こえてくる。どうやらずっと同じ本を借りっぱなしだった学生に返却催促の電話をかけ続け、結果的に見つからず弁償してもらうことになったと、そういうことらしい。なるほどそれが不本意で彼はむすっとしているわけだ。

お金を男子学生が差し出し、優しい先輩がそれを受け取って裏に引っ込んでいく。控室には少額ながらこういった時の為にお金が用意されているのだ。

優しい先輩がいない間、男子学生はカウンターを人差し指と中指で叩きながら待っていて、三歩がこの子は指相撲の選手なのかなと思い始めた時だった。友人らしき数人の男の子が彼のところに近づいてきた。ここが図書館内だということは彼らには関係がないようで、まるでここは中庭なのかと錯覚するほどの大きな声で話し始める。こういったことはある意味日常茶飯的で、怒りを抱くほどのことでは決してないのだけれど、図書館スタッフとして注意はしなくてはならない。運悪く、一番近くにいたのは三歩で、苦手ながら立ち上がって「ちょっと」と声をかけたのだが、かすれた三歩の声は彼らの大きな声に叩き落とされて無残に床に転がった。

三歩も悪かった、あまりに声が消極的すぎた。今度はもっと大きな声でと思ったところで、優しい先輩が帰ってきて「声のトーンをもう少し落としてくださいね」と、聖女と見まがう注意をしていた。決して大きな声でなくとも、鋭い言葉でなくとも、ああいった注意の方法もあるのだ。三歩も見習おうと思う。

優しい先輩が領収書とお釣りを相手にも確認させ、茶封筒に入れて件の男子学生に渡そうとすると、彼はまるで奪うようにお金を取ってポケットにねじ込んだ。駄目だよーと片目で見ながら作業していた三歩は思う。しかしその後の彼らの態度はもっと駄目だった。

「図書館からなんの金貰ってんの？」

「いや、ぼろっぼろの本なくしたら金払わせられてさ、あんな本程度でだりぃわ」

それを、わざわざカウンターの前で言ったのだ。三歩はあわあわとする、怒りに変わる前前前段階だ。もしも彼らの目の前にいたのが怖い先輩だったりしたら、怒鳴られててもおかしくないぞよかったな目の前にいるのが優しい先輩で、青年達よ。

そうやって男子学生達が無事に去ろうとするのを見ていた三歩の目に、一瞬、何か怖いものの幻影が見えた。

「待ちなさい」

三歩は思わず多めの瞬きをする。そこにいるのは間違いなく優しい先輩。怖いものなんてどこにもいやしない。けれど、先輩の柔らかい立ち姿に、何かただならぬものを見た気がした。

「なん、すか」

「これは、本に限らずですが」

優しい先輩の胸が膨らむ。

「長い時間をかけていたんできたものには、それを大切に扱ってきたたくさんの人と、それを守ってきた人がいます。新品のものよりも、たくさんの人の愛情が、仕事がそこにかけられているんですよ。世の中には、それをあんな程度と呼び、粗末にし、そのことを反省する気もない大人達がたくさんいます。そんなことをしていると、いつか、年を取った時に、今度は自分が同じ目に遭うような気がするんです」

ゆっくりとしていて聞きやすくて温かい、優しい先輩の台詞。

「そんな気が、しませんか？」

聞いているうちに三歩にも分かった、先輩は、ゆっくりとしていて聞きやすくて温かい喋り方をしているのでは、ない。大きな間違いだ。

先輩がしているのは、じわりと相手の心に巻き付き耳の穴の中に侵入し生きたまま相手に自らの内臓の温度を感じさせるような、そんな喋り方。三歩は、蛇を想像する。

蛇に睨まれ、大人しくなった男子学生は静かになって、一目散にカウンター前を立ち去り、図書館から出て行った。

あっけにとられていると、蛇、もとい優しい先輩がこちらを振り返り、びくっとする三歩。とても脳内で優しいという呼び名を付けてる人に対する態度ではない。

「困ったさんだったねぇ」

そんな可愛いお姉さんなことを言われても、三歩にはもう、さっきまでと同じはずの先輩の笑顔が優しいものには見えなくなっていた。いや、優しいのには違いがないんだけれど、奥に、何かがいる。

今しがた見たものに対する畏れと、最近の自分の悩みとが完全にリンクした三歩の口から思わず言葉が飛び出した。

「せんぱ、いえ、先生。教えていただきたいことが」

「え、何？　その書類は私担当じゃないよー」

「あ、はい、これはちぎゃうんですが」

噛んだ。

「今の注意の仕方、とっても素晴らしくて、あの最近、そういうの、感情を外に出すのを、上手く出来たらって考えて、私言えなくて、で、あの、よかったら、人への怒り方を教えていただけませんか？」

三歩の明らかにコミュニケーションが苦手だと分かるお願いにも、優しい先輩は朗らかな笑みを浮かべる。

「えー、それも私の担当じゃないけどなー。その書類と一緒にあの子に頼んだ方がよくない？」

優しい先輩は同い年である怖い先輩のことを、あの子と呼ぶ。

「や、あの方の怒り方は、ちょっと、難がある」

「うるせえよ、仕事しろ」

「ひゃい」

いつの間にか後ろに立ってた怖い先輩にほっぺをやわく摘まれ、三歩はほっぺが伸びたまま頷く。

物理的に蛇よりも鬼教官の方が怖い三歩はその後一時的には仕事に集中したものの、空いた時間やお昼休憩時、優しい先輩に「どうやってあの技術を？」とか「何か出生に秘密が？」とか言ってちょっかいをかけていた。その度に「そんなんじゃないよー」「何もないよー」とはぐらかしていた優しい先輩だったのだが、ついに観念したのか堪忍袋の緒が切れたのか、「三歩ちゃん」と三歩はバックヤードで改まってその名を呼ばれた。ようやく何かのご教示が、と、背筋を伸ばすと、優しい先輩は優しい顔のまま腕を伸ばして長い指で三歩の腕をするりと握った。

「怒り方はともかく、じゃあデートしようか」

単純に意味が分からず、三歩は首を傾げる。

「え、ど、どなたと」

「私と三歩ちゃんで。楽しいとこに行かない？　もちろんもしよければ、だけど」

優しい先輩の豊かな体との組み合わせで言ってることが多少エロく聞こえてしまった三歩はすぐにその想像を打ち消す。

優しい先輩にこんな風にプライベートで何かに誘われるのは初めてで、もちろん嬉しい三歩は首を思い切り縦に振った。

「お手柔らかにお願いします」

この返事もなんかおかしいなと思いつつ、吐き出した言葉は呑み込めないのでそのままにしておく。優しい先輩は気にしなかったみたいで、「じゃ、後でスケジュール合わせようね」と言って三歩の腕を放し、仕事に戻っていった。

もしや、ていよくあしらわれたのではないかとなんとなくあたりをキョロキョロする。書類を取りに入ってきた怖い先輩と目が合った。

またなんとなく、優しい先輩にデートに誘われたことを報告する。怖い先輩は書類を手に取りながら「へー」と相槌を打ち、「食われんなよ」と言い置いてから出ていった。

え、どっちの意味で？

どっちの意味だろうと問題しかない忠告を受け、三歩は心身共に引き締めてその日を迎えることにした。

一応食べられやすい服装にすべきだろうかと先輩への間違えた心遣いもむなしく、「動きやすい多少汚れてもいい恰好で来てね」とメールをいただき三歩はそれに従った。

アスレチック、もしくはボルダリングにでも連れて行ってくれるのだろうか、運動不足が響きやがるぜと思っていたのだけれど、どうやら一味違う様子だった。

最寄り駅から電車に乗って十五分。指定された駅前で待ち合わせた先輩はシンプルな服装ながら可憐でそれでいて芳醇な香りをたたえた花のようで、三歩はすごく素直に、彼女にしたいと思った。ちなみに三歩、彼女がいた経験はまだない。

軽い挨拶を交わし、一体どこに行くのかと三歩が尋ねると、優しい先輩は「ふふふふふ」とはぐらかすばかりで何も教えてはくれなかった。怖い。

警戒心をなくしてはならないと、ある一定の距離を優しい先輩に対して取ろうとする三歩だったが、動揺はともかく疑問の方はわりとすぐに解消されることとなった。

先輩に先導され駅からお散歩すること十五分、着いたその場所に、三歩は思い切りの見覚えがあった。

「あ」

「うん？」

「ここ、来たことあります」

「あら、ふふふ」

もっと怖いところに連れて行かれるのかと勝手に思っていた三歩は拍子抜けする。

そこは公立の図書館だった。三歩が今の家に住み始めてから一度だけ見学に来たことがある。結局、普段使うのは職場である図書館ばかりで通うことはなかったけれど、あの時興味津々に中を見て回ったので、構造までしっかりと覚えている。

しかしなぜまたこんな仕事を思い出すようなところに。ひょっとしてあんまりしつこく訊くものだからそれなら図書館の基礎を一から叩き込んでやろうとでも思われたのだろうか。

基本的に甘ちゃんで、厳しいことを言われたくない三歩が職務質問された市民のような顔で見ているのも無視して、優しい先輩はさっさと図書館に入っていってしまった。三歩も慌てて後に続く。

一体何が起こるのだろうか。結局は場所がどこだろうと三歩は戦々恐々としている。そんな後輩を尻目に優しい先輩は、受付の方へと向かっていった。座って作業をしているスタッフさん達に声をかけ、挨拶をし、それから何故か三歩を紹介する。

「彼女に今日アシスタントをしてもらいます、麦本三歩さんです」

意味が分からずとも、紹介されたので「こ、こんにちは」と挨拶をすると、スタッフさん達はとても素敵な笑顔で挨拶をしてくれて、挙動不審なのが申し訳なくなった。

「あ、あの、アシスタントって」

「はいこれ、三歩ちゃんの名札、昨日作ってきたの」

質問に全く答えてくれない優しい先輩、優しい先輩か？　が手渡してきた首から下げるタイプの名札を見ると、そこには可愛い花柄があしらってあり、真ん中にはひらがなで「さんぽ」とあった。かわいっ。じゃない、なんだ、一体何が始まろうとしているんだ。三歩は更に挙動不審になる。

　あわあわとしている間に、荷物を受付内の端っこに置かされ、エプロンをつけられ、分厚くて大きな紙を束で持たされた。説明はなし。なんだこれっと、広げてみる。

「紙芝居、ですか」

「そう、紙芝居。今から私達は、子ども達に紙芝居の読み聞かせをやりまーす」

「へぇ？」

　変な声が出た。優しい先輩（？）はおかしそうに拳を口元にあてて笑う。

「大丈夫、読むのは私だから。三歩ちゃんには子ども達の輪の中に入って、おりこうさんにしてられるよう一緒に紙芝居を見てあげてほしいの。たまに喧嘩しちゃう子とかいるから、そこは三歩ちゃんの腕の見せ所だよっ」

　マジか。

　マジかマジかマジかマジか。

　人見知りの一番の天敵は子どもだって、この人知らないのか、もしくは知っててやっているのか？

　楽しいアトラクションの正体を知り、一気に体温が上がる。三歩の頭が、なんとなく優しい先輩のやろうとしていることを理解する。

「実践、ってことですか？」

「子ども達と遊ぶだけだよ」

ふふふっと笑む先輩の顔を見て三歩は知る。己のうかつさを。

ああ、私はなんという人に絡んでしまったのだろうか。神様お願い時間を戻して。

私は優しいお姉さんから手取り足取り教えてもらおうと思っただけなのに。

もちろん三歩に今から帰りますと言う勇気なんてなく、紙芝居を持ったままおずおずと先輩についていくことしか出来ない。図書館の角に位置する場所にカラフルな四角いクッションを並べて作られた子ども達用のスペースがあった。なるほど、ここが私の死に場所か、と三歩は天を仰ぐ。天井に吊るされた星や太陽を模した飾りが見えた。

「いまは、はいらないでね」と書かれた看板の効果なのか、まだ子ども達はいない。その間優しい先輩と一緒に、小さな机の上に紙芝居を実演する為の木の枠をセッティングしたり、散らかっていた絵本を拾って子ども用本棚に並べたりする。

気になっていたことを、三歩は先輩に訊いてみた。

「いつも、やってるんですか？　なんていうか、読み聞かせボランティアというか」

「ううん、知り合いの代打で頼まれるっていうのがたまにあるんだー。三歩ちゃんとのデートにタイミング良かったから誘っちゃった」

　それはなんともタイミングの悪い。自分からすり寄っていったくせにタイミングのせいにする底意地の悪い三歩は、しぶしぶと子ども達用スペースの前に置いてあった看板を「しずかにあそんでね」に替える。

　するとそれを見計らったように四、五人の子ども達とそのお母さん達が三歩達だけの平和なスペースに現れた。心の準備なんて何も出来ていなかった三歩は息を呑む。三歩の動揺を知り助けてくれたのかなんなのか、優しい先輩は子ども達と親御さん達に向かって天使の笑顔で満点の挨拶をしてくれた。すると、お母さん達もつられるように笑顔になり、子ども達は「ひさしぶりのおねえさんだー」「なにしてたのー」と優しい先輩の足元に駆け寄っていった。その笑顔、淑女も児童も落としやがるのか。

　もちろん三歩が透明で見えないわけもなく、まず親御さん達の目がこっちを向いた。消極的にではあるものの、彼女らには「本日ご一緒させていただきます、麦本三歩です」と言えば済んだのだが、子ども達はそんな事務的挨拶で許してはくれない。中でも積極的な子が三歩を見上げて「さんぽ」「さんぽ」と連呼する。

「そ、そう、三歩だよ〜」

無理矢理な笑顔の裏で震えているのが丸見えなのか、子ども達のきょとん顔がまた悲しかった。

特に愉快でもないやりとりをしてる間に、続々と子ども達が紙芝居を求めて集まってきた。その数、計十二人。幼稚園のクラスと考えると少ない方だが、三歩にとっては猛獣が十二頭いるもおんなじだ。口に馴染みやすいのかなんなのか、子ども達は優しい先輩にじゃれつきながらもしきりに三歩の方に向かって「さんぽ」「さんぽ」とその名を呼んだ。相変わらず特に面白い反応も出来ず、大学時代、先輩に無茶ぶりされたあの気分を思い出した。

ただもともと読み物に興味があるような子達なのだろう。優しい先輩が声をかけると、皆が素直に紙芝居の方を向いた。「なにするのー」「おもしろいのがいー」と野次は飛ばしているが、無秩序に暴れ出すような様子もなく三歩は安心する。人見知りにとって子ども達の何が怖いって、心の方向性が全く読めないところなのだ。三歩にとってこの場のハードルが少し下がる。

　少しだけ安心しながらそろーり先輩に指示されたように子ども達の間に正座すると、警戒心を緩めたのがよくなかったのか、一人の女の子がちょこんと三歩の膝の上に座ってしまい慌てた。江戸時代の拷問か何かかと思ったけど、どいてくれと言うのもはばかられる。三歩はそのままの状態で紙芝居を見ることを決意した。なあにたかだか十分程度だろう。

　一体その十分で、優しい先輩は何を伝えてくれようとしているのだろうか。

　神妙な面持ちで待っていると「さんぽこわいの？」と横にいた男の子に言われたので、無理矢理笑顔を作った。怖いというなら君達が怖い。

　三歩が感じているような恐怖なんて、優しい先輩の中には一つだってないのだろう。先輩は子ども達に向かって「じゃあ始めよっかー」と早速紙芝居を始めようとしていた。繰り出される笑顔からは先日の蛇の雰囲気なんてまるで感じない。そりゃそうか。

　まず優しい先輩は自己紹介をした。しかしほとんどの子ども達が先輩のことを知っていて、先輩は数少ない初めてなのだろう子達の方に名札を積極的に向けていた。

「今日は、みんなと一緒に紙芝居を楽しんでくれるお姉さんがもう一人いまーす。誰か分かるかなー」

言いながら優しい先輩は、子ども達及び三歩を包み込むように両手の平を広げる。すると活発な子達が三歩を指さし、「さんぽー」と口々に答えた。なんとなく小さく手を挙げる三歩を今度は優しい先輩が手の平で指し示し、「そう、今日はそこにいる三歩お姉さんも一緒だから仲良くしてあげてねー」と紹介してくれた。是非とも敵だなんて思わないで仲良くしてほしい、と三歩は子ども達のことを天敵と呼ぶ自分を棚にあげて思いながら周りに手を振る。振り返されて、どうすればいいか悩む三歩。

こんなことで、これから待ち受ける酒池肉林、いや意味違うな、修羅場を乗り越えられるのか、三歩は恐怖と緊張と足の痺れを早速感じつつ、優しい先輩が紙芝居をめくるさまを見ていた。

で、何も起こらなかった。

てっきり、子ども達が大喧嘩を始めてそれが全員を巻き込んだ大混乱に発展し、三歩はあわあわし子ども達をなだめようとしてパンチの一つでも食らってしまうも、優しい先輩が鶴の一声でその場をおさめ、その一言に三歩が感動する。みたいな展開を三歩は想像していたが、なかった。自分が何も出来ない未来を想像するのはどうなんだと思うけれども、想像してしまったものは仕方がない。そして想像が外れ何も起こらなかったことも、起こらなかったのだから仕方がない。一度だけ、三歩の膝の上に座っていた女の子のところに男の子がやってきて、場所を譲れ的なやりとりをしていたのでこれはついに決戦の火ぶたがと思ったところ、女の子が三歩の片膝を譲って事なきを得た。三歩の足は完全にもうやられてしまって立ち上がることもままならないだろうが、それはどうでもいい。

紙芝居は既にクライマックスを迎えていて、『ジャックと豆の木』はまもなく終演を迎える。途中お喋りし始めた子達を止める時にも、注意なんてせずその会話に交ざるようにして話を物語に戻すという見事な手法に、思わず三歩も、こんな話だったっけーと思いながら優しい先輩の声をじっくりと聴いてしまった。

「めでたし、めでたし」

その言葉は物語のことだけではなく、この場所この時間全てのことに対して使われたように聞こえ、三歩はようやくそこでほっとし、正直なところ拍子抜けし、更には、きっと先輩がなんらかのアイデアや考え方のきっかけを摑めと連れてきてくれたのにその何も手の中に残らなかったことにぞっとした。

そんな三歩の考えなんてもちろん知らず、膝に乗っていた女の子がこちらを振り返り「楽しかったね」とニコリともせずに言ってきた。彼女の感情がどういったものか分からない三歩が笑顔を作って「そうだね」と返すと、彼女は何も言わず膝を下りて後ろでカラフルな椅子に座って待っていたお母さんのところに行ってしまった。なんとなく目で追うとお母さんと目が合い、大人同士の会釈の後「ありがとうって言った？」というお母さんの問いに女の子は「うん」と答えていた。言われてないけど、今ので伝わったからいいよっ。

まもなく男の子の方も膝の上からどく。彼からは特に何もなかったけれど、途中から彼の目的は膝ではなくさっきの女の子なのだと三歩には分かっていた。一言だけアドバイスをあげるとするならば、目当ての女の子にだけ優しい奴はモテないぜって、そんなこと三歩に言えるはずもなく彼の背中を無言で見送った。

子ども達の切り替えは早く、紙芝居が終わると、まだ物語を浴び足りないのか新たに絵本を本棚から持ち出す子、お母さんのところに駆け寄ってすぐに帰ろうとする子、優しい先輩のところに行って次はいつ来るのかを問い詰める子とに分かれた。動けないのは三歩ばかり。お願いだから、横を通り過ぎる時に微妙に足にぶつからないで……。

子ども達の相手をしている優しい先輩と目が合う。足が痺れている三歩を慮(おもんぱか)ってくれているのか、先輩は口の動きだけで「いいよ」と言ってまた子ども達の相手に戻った。何がいいのか分からなかったけれど、三歩はひとまずゆっくりと足を伸ばそうとし、近くにいた女の子に「どうしたの？」と足を触られてギャーッとあげかけた悲鳴を必死で我慢した。悲鳴のエネルギーがひょっとしたら顔に出てしまったのかもしれない、質問の答えも聞かず女の子は一目散に去っていった。

やがて子ども達が一人また一人といなくなり、まだそこに残って読書をするらしい子達を眺めながら優しい先輩は紙芝居の片づけを始めた。三歩はまだ動けない。

足の痺れが取れる頃にはもう、片づけは終わってしまっていて、改めて今日、なんの意味もない存在となってしまったことに眩暈(めまい)がした。ひょっとしたら急に血が巡ったからにすぎないかもしれないが。

三歩がようやく立ち上がり優しい先輩に謝罪の姿勢で近づくと、先輩はここに来た時と同様三歩に紙芝居の束を渡しながらにこりと微笑んだ。

「ありがとね」

「い、いいえ、何も」

何もしてないです、に加えて、何も分かりませんでしたという意味があった。しかし子ども達の前で話すべき内容かどうかと考え、やめた。

優しい先輩は「んふふっ」と笑い、子ども達用スペースの外に三歩を誘導し、受付へと二人で帰還した。紙芝居を元あった場所に置き、道具を片づけると、先輩は名札とエプロンを外した。

「え、あ、も、もう終わりすか」

思わずフランクな敬語が三歩の口から飛び出したのも無理はない。ひょっとしたらあるかもしれない二度目に何かを摑めればと、可能性に期待していたのだ。三歩の脳内では、高校時代、数学の時間に居眠りをしていて、そこを先生にあてられ解き方が分からず質問すると「一度しか言わないと言っただろう」と叱られた時の記憶がありありと浮かんだ。背中に汗が伝わる。

「うん、ピンチヒッターだし、平日だしね。もう終わりー」

屈託なく見える、ひとまずそう見える優しい先輩に促され、三歩も名札を外してエプロンを脱いだ。名札は先輩へ、エプロンは受付のスタッフの人へ。

来た時と同じ恰好になり、本当にこれで次のチャンスはないんだと分かって、三歩は慌てる。

そして、頭をフル回転させた。

三歩の特技は勉強である。その特技たる所以（ゆえん）は、集中すると周りが見えなくなるという彼女の性質にある。

だから、二人でスタッフさん達と挨拶をしている間も、それから荷物を持って図書館を出るまでの数秒間も、外に出て駅に向かって歩きつつ先輩から「お疲れ様ー」というもったいないお言葉をいただいている間も、三歩は上の空に見えただろうし、実際そうだった。

三歩は必死に考えていた。今日何か先輩から学べたことはなかったか、それを必死に考えていた。繰り返し繰り返し、先輩の言動を脳内再生して。

「どうしたの？」

「え、あ、はい」

上の空なのがばれていたようだったけれど、三歩はそれどころではない。

子ども達への口調、柔らかい手の動き、丁寧でゆっくりな話し方を思い出す。

優しい先輩は今日のことを通じて一体自分に何を教えてくれようとしているのか。

そうして、いつしか気がついた。

なんかどっかで見たような。

「なるほどっ！」

三歩の突然の奇声にいつも落ち着き払った優しい先輩も「わっ」と飛び上がり、立ち止まる。相手が無防備なこの隙に、と、三歩は自らの発見を前のめりに先輩に伝えることにした。

「なるほど、今まで私は子ども達にまで大人を相手にするように接しなければならないと思い、でも思ったような反応をしてくれない子ども達が苦手だった。でも、そうじゃなく、良くないことをしている人達のことを逆に子ども達と同じだと捉えることで、寛大な心を持ち、より優しく分かりやすい言葉で、きちんと感情を伝えなさいと、それを教えようとしてここに連れてきてくれたんですね？」

「……いや、違います」

「……マジかー」

褒めてもらおうという気満々で言ったのに。

先輩からの敬語で、明らかにひかれて距離を取られたと、何度もそういうことが人生であった故に分かった三歩はショックを受けて項垂（うなだ）れた。

対照的に、優しい先輩はくすくすと笑う。

「三歩ちゃんそんな難しいこと考えてたの？　私そんなこと考えて生きてないよー」

「い、いや、私も普段はそうですけろ」

噛んでカエルになった。優しい先輩が噴き出す。

「けど、何かを先輩が伝えようとしてくださってるんだろうなと思って、必死に考えました。今日、なんのお役にもお立ちになれませんでしたり」

変な日本語。先輩がきょとんとしたので、てっきり変すぎて伝わらなかったのかと思ったら、違うみたいだった。

「ううん、三歩ちゃん役に立ってたよっ。いつもいないお姉さんがいるってことで、皆のテンション上がってやりやすかったし、それに男の子達が良いところ見せようとして暴れたりしなかった」

「そ、そういうもん、でしょうか」

「うん、そういうもん。それにそもそも今日は三歩ちゃんが私と遊びたいのかなーと思って連れてきただけで、読み聞かせは、たまには後輩ちゃんの後学の為にと思った程度。ふふ、膝に乗られて足が痺れても、あの子達のことを考えて言い出せない三歩ちゃんが私は好きだよ」

「言えればよかったんですけど」

しかしまあ言い出せる勇気のなさを、そういう風に捉えてくれる人がいてくれるのならそれはそれでいいかと三歩は思ったり思わなかったり。

「言えない人がいてもいいと思うよ、私が言えちゃう人なだけだからね」

あら？

三歩が先輩の言葉の意味を考えていると、先輩が「はーい」と控えめに手を挙げた。

「ところで、私は言えちゃう人な上にちゃっかりとした大人なのでー、タダ働きというものをよしとしておりません」

「おおお？」

優しい先輩は、ドヤ顔にも邪悪な顔にも、どちらにも振れていない穏やかな顔で自分のバッグの中をごそごそと漁った。

「代打の報酬でこんなもの貰っちゃいましたー、ファミレスの株主優待券～」

「おおお、おっとなー……？」

それが何を意味するものなのか、よくは分からなかったのだけれど、株主という響きに反応してなんとなくで言ってみた。

「二人で行くのに十分な額あるので、もし三歩ちゃんがよかったらこれからケーキでも食べに行きましょう！」

「なんとっ、そんなものだったとはっ、い、いいんですか？」

「もちろん！　ポテトフライも付けられるよ」

「ありがたくー」

酒池肉林ってことか！　今度は合ってる、多分。

「こっからが本当のデートだねぇ」と、恐らくは何度も何度もあらゆるデートを経験しているが故に、嫌味も気兼ねもなく言えてしまうのだろう優しい先輩の吐息がふわりと舞った。

声や息が色として見えてしまうような先輩の可憐さに、胃の中からぐわっと、生クリームでデコレーションして食べたろか！　という気持ちが湧き上がってきた気がしたけれど、人として心の中だけで殺しておく。

言ったら多分、流石の優しい先輩もドン引きで優しくしてくれないと思う。先輩が言うように、言えなくて上手くいくようなことだってあるのだ多分。

「ま、三歩ちゃん、言わなくても顔に全部出てて丸分かりだけどね」

「えっ」

「だからおろおろしてたのが分かって、勇気づけてあげる為にあの女の子、三歩ちゃんのとこに座ったんじゃないかな」

あー、よかった、あの子を心配させてしまったのは複雑な気持ちだけれど、自分の中に湧いた劣情が丸分かりじゃなくてよかったほんとよかった。ち、違う、私は生クリームが好きなだけだ！　無実だ！　放せ！

「じゃあまた今度お礼言いに行きます」

「うん、また行こうよ」

次のデートの予定が出来たことを喜び、三歩はそれをきちんと言葉にして、優しい先輩に伝えた。

後日、怖い先輩に「どっちの意味だったんですか？」と訊いたら「どっちも」と答えられてしまったのは、また別のお話。

麦本三歩は君が好き

麦本三歩だって人を好きになる。誰かのことを想ってやまない夜がある。会えば背中を汗が伝わり、声が震え、言葉だっていつもよりずっと噛み噛みになることもあるし。その人と袖が触れ合う程度の関わりでクリームがパンパンに詰まったシュー生地を全て口の中に詰め込んだような幸福に襲われる。そんなことだってある。

と、いうようなことを三歩が熱弁しているのには理由があった。

最近、大学で非常に仲の良かった男友達が、三歩の住む町に引っ越してきた。理由は会社の配属先が偶然変わったことによるもの。その事実を知った時、三歩は友人がいつでも会える場所に増えることをとても喜び、町への歓迎会を開こうと焼肉屋を予約してもらった。してもらった。三歩が到着した時、彼は既に席に座っていて、目が合うと彼はいつものようにとても嬉しそうな満面の笑みで迎えてくれた。メールや電話でのやりとりはしていたけれど、実際に会うのは一年ほどぶりだった。三歩もテンションが上がり、「いぇー」と近づいて彼にチョップしかけてやめた。危ない、誰かの癖がうつっているぞ。

　三歩が自分の身に沁みつき始めているものに恐怖したのはともかく、基本的には平和だったのだ。美味しい食事をして近況を報告し合い、楽しく時間が流れていた。三歩はこのままゆるい時間が過ぎゆくことを確信してさえいた。

　だから、三歩が目の前を睨みながら自らの恋愛観を語っているこの恥ずかしい状況が生まれた責任は、お互いに何を言ってもいいと思っている目の前の彼にある。

「恋愛する為の脳が私に備わってないだ？　はあ？　ちょっと前回のは上手くいかなかっただけで、基本的に恋に恋する女子だっつうの」

　三歩の眼差しを受け、楽しそうに笑う彼。もはや開戦もやむなしと、三歩が割り箸を握ったところで彼が「まあ」と言葉を続けた。

「じゃあ気兼ねなく三歩を遊びに誘っていいわけだし、よかったよ」

　そう言う彼に、それはそうだ、と三歩は握りしめた拳を解く。そもそも彼氏がいたからって男友達を敬遠するような人間ではないのだが、相手に気を遣わせてしまうことはあるかもしれない。気の置けない遊び相手が出来て三歩は嬉しい。しかし危なかったなこのやろう。

三歩はビールを口に含む。

「あ、そういや三歩さ」

なんだ？　もしまた何か気にくわないことを言い出したらビールを毒霧代わりにしてやろう。水で練習したことあるし多分いける。

「水族館好き？　こないだ先輩からチケット貰ったんだけど、俺まだこっちに友達他にいないしさ、三歩暇だったら行く？」

こくん。

「いくー」

良いニュースが舞い込めば怒りや不信なんてすぐに飛び越えてしまうちょろい三歩。まるで仕方なく誘ったような言葉もさして気にはならなかった。

彼はまたいやに嬉しそうな顔をして鞄からスケジュール帳を出す。そうして新しく三歩の生きる希望となった次の遊ぶ約束についての話をし始めた。

終日予定のない日を二人が合わせられたのは、焼肉から二週間後のことだった。その間に先輩から怒られたり先輩から怒られたり先輩から慰められるほどのポカをした三歩は、それなりに落ち込みながらもこの日を心から楽しみにしていた。

集合場所は、三歩の家の近くのコンビニ。彼が車を出してくれることになった。三歩がのこのこ駐車場に辿り着くと、彼が電子タバコを口にくわえてぼんやりと立っているのを見つける。しかしひとたびこちらに気づくや否や、いつも通りいやに嬉しそうな笑顔になって手を上げてくれた。三歩が手を上げて近づく間に彼はタバコをポケットにしまった。もうすっかり季節は夏であるのに、彼はパリッとした長袖のシャツを着ていた。なんか偉そうに、と三歩は思って唇の端を持ち上げる。

軽く挨拶をかわし、近くに停めてあった軽自動車に乗り込んだ。これは仕事で必要な為に彼が中古で購入したものらしい。中古の車だからもちろん前の持ち主の魂が沁みついているんじゃないかと三歩は思っていたけれど、助手席に乗り込むと、まっさらな匂いがした。冷房も効いてて快適。

「綺麗にしてんだねー」

「狭いけどな」

「彼女乗せないと」

「乗って早々言うことか」

言いながら彼は楽しそうに笑った。彼にしばらく恋人がいないというのは、以前電話した時に三歩がゲットした彼のいじりポイントである。昨日も散々いじった。しかしいじりつつも、きちんと清潔感があって普通の男の子である彼に恋人がいないというのは、近しい友人であるが故に見えない大きな性格的な問題があったりするのかもしれないと心配になったりもする。そういえば運転する車に初めて乗るけど、ハンドルを持ったら凶暴になるとかじゃないよね？　大丈夫？

そんな心配は当然無意味なものとなった。車の中での三十分間は平穏無事に過ぎ、三歩は到着するタイミングでちょうど腹ペコがピークに達した。三歩の一存でご飯を先に食べることとなり、水族館に併設されているショッピングモール内で家族連れに交じってファミレスへと入店した。

「んまい」

カレーライスをかきこみ感想を言うと、彼はまたいやに楽しそうな顔をして、控えめなサイズのケーキを口にした。あんまりお腹が空いていなかったのだろうに昼食を付き合わせてしまい、申し訳ない気分になる。しかし空腹には抗(あらが)えず、三歩はせめて大盛りにしないという意味のない気遣いをした。彼は、「ちゃんと食べないと」と笑顔で三歩の食欲を心配してくれた。

彼の笑顔を正面から受け止めて三歩は、この人はまあさぞかし取引先なんかに好かれているんだろうなと思った。彼の笑顔はいつも、本気で相手のことを思っての笑顔に見える。

三歩がカレーを食べ終わるのをきちんと見ていたのか、彼は近くにいた店員さんを呼び止めて三歩の分のコーヒーを持ってきてくれるように頼んだ。店員さんが空いたお皿を下げてもいいかと確認をしてきたので、三歩はカレー皿とスプーンを差し出す。彼も目の前のお皿を下げてもらおうとしていたけれど、三歩はそこにまだ二割ほどのケーキのかけらが残っていたことを見逃さなかった。まあ流石に店員さんを呼び止めて奪うようなことはしない。羞恥心くらいある。

思い返せば焼肉の時も私の方がたくさん食べていたなと、三歩はそれが特別なことのように思うけれども、大学の頃からの平常運転。

ダイエットでもしてんのか？　訊いてみると、彼は気まずいことがばれてしまったような顔をした。

「ああ、そうそう八割ダイエットっていってさ、なんでも好きなもの食べていいけど必ず二割残すって奴やってんの」

なんだそのいかれたダイエット法は、と三歩は思う。あるかなしか、のダイエットなら初めからそこにないのだから耐えられるかもしれないが、最初から百パーセント楽しめないと分かった状態で好きなものに挑むなんて、その二割を見送って席を立つなんて三歩には出来やしない。あ、でもけれど、好きなものは好きなものだし、その八十パーセントしか摂取しない状態を否定してしまうと、それ自体への愛も裏切ることになるのではないか。むむむむむと唸ってから三歩が出した結論はこうだった。

「今度から最初に残す二割をちょうだい」

これぞ誰も悲しまない名案だと思ったのに、彼は大笑いをした。笑われたことに少しムッとしたけれど、その感情は彼が言った「三歩らしくていいな」の一言でどこかへ行った。確かに自分らしいと思う。そのことを友人が理解してくれていて、いいなと思ってくれているというのは何よりの誉れだと三歩は思った。

コーヒーを飲み終わってから席を立ち、二人は今日の目的である水族館へと向かった。道中のショッピングモール内は休日だけあって子ども達の喧噪に溢れていた。

水族館に着き、中に入ると、受付にはそこそこの列。先にトイレに行ってきてもいいか彼に訊き、まさか断られるわけもなく行って帰ってくると、彼は既に受付で前売りチケットを入場券に交換してくれていた。トイレに行ってみるもんだと三歩は思った。

水族館内も当たり前に混んでいた。家族連れからカップルからグループ客とそれぞれが水槽前で立ち止まり渋滞が出来ていて、三歩達も列に並び順番に目の前に現れた水槽内にいる生き物達を見ては、次の人の邪魔にならないように身をよける。まるでホテルの朝食ビュッフェみたいだなと三歩は思った。

「機械に流されてる製品みたいだな」

彼の想像は違ったようだ。工場のベルトコンベアに流される自分達を想像して三歩は確かにと、ペンギンに向かって三度頷いた。その様子を見られ、また彼に笑われた。

しばらく流れに身を任せて進んでいくと広い通路に出て、たくさんの魚達が共生する筒状の大水槽が姿を現した。

三歩は「ふぉー」と控えめに感嘆の声をあげる。普段自分達が見ることのない生態系を人間が技術力でここに閉じ込めたのだ。こうして水族館で目の前にしたり、テレビでこういった水槽を見たりすると、三歩はいつも、この地球という星も誰かが自分達を閉じ込めた水槽にすぎず、どこからか絶えず見られているのではという想像をする。そして想像の末、自分の失敗も知らない何者かに常に見られている可能性があるのかと少し恥ずかしくなる。しかし同時に、ひょっとすると知らない何者かが自分の頑張りを見て好きになってくれていたりするのかもしれないと、希望のようなものも抱くのだ。

ぼうっと、まるで世界そのものを見つめるような気持ちで、しばらく無言を貫いていた三歩がはっと我に返り横を見る。と、彼が水槽ではなくこちらを見ていた。

な、なんだおい。と思っていると、彼がまたいつもの笑顔になった。

「ごめんごめん、や、三歩、マジで初めて会った時から変わんないなと思って」

「え、ディス？」

「違うよ」

じゃあなんだ。変わってない。どういう意味だろう。

彼の言葉の意味を探ろうと、三歩は彼と出会った時のこと、思い出すでもなく思い出してみる。

大学一年生の時のことだ。授業もバイト先もそれから実は年齢も一緒ではなかった彼と、三歩は大学の食堂前で出会った。食堂内ではなく食堂前。まだ大学の食堂にどんなメニューがあるのかそれをしっかりと把握しきれていなかった三歩は、これからの大学生活をより豊かにする為、食堂前に置かれている大きなメニュー表をじっと見つめていた。その時の集中力たるや恐らく三歩がそれからの四年間に受けたどの試験時にも発揮されなかったものだったろう。やがてはっと我に返り背伸びをしようと伸ばした右腕が横を通った彼の脇腹にクリーンヒットしたのだ。三歩は思う、我ながらどんな出会い方だ。

その時に平身低頭で謝罪したものの、それから彼とキャンパス内でたまたま会う度に気まずい思いで会釈をしていると、やがて彼から「別に怒ってないです」と話しかけられた。その後、色々話しているうちに友達になってしまった。言葉に表せない色々、という部分を経るのが、人と人とが友達になるのに不可欠なのかもしれぬ、と三歩は謎に時代がかった口調を頭に浮かべて思う。

大水槽の脇を抜け、考えながら三歩は彼の前を歩く。変わってないだろうか。いや、変わった気がする。人は変わる。彼と出会ってたった五年か六年くらいしか経ってはいないけれど、それでも自分は変わったろう。年齢は言うに及ばず、あの時知らなかった様々なことが循環するように少しずつ内面に流れ込んでは出て行って人格を変えている。外見も、あの時より化粧をする必要性が増し、少しだけ自分を客観的に見られるようになった。しかし変わったと思うのは全て三歩の主観だ。

外から見れば変わっていないように見えるのだろうか。それとも命や魂の話を彼はしているのだろうか。そんなスピリチュアルな人だったっけ。

深海魚達のコーナーを行きながら、三歩は彼をちらりと見た。またこちらを見ていた。なんだこのやろうと思いつつ、人のことを変わってないと言う彼はどうだろうかと三歩は考える。

変わったと思う。彼は変わった。まず車を運転しているのを見たのは初めてだ。次に前より痩せた。本人の価値観なのだからと何も言わなかったけれど、彼はダイエットする必要なんてないくらいにあの頃より痩せている。内面はどうだろう。変わった自分とあの頃と変わらないような空気で接しているのだから彼もまた変わったということなのではと思う。ごちゃごちゃ考えていると、自分の頭の中がポンッと音をたてた気が三歩はした。

「まあどっちでもいいんですよ」

自らの色を変化させ擬態する小さなタコを見ながら言うと、彼が不思議そうに首を傾げたので「変わってても変わってなくても」と付け加えると、彼は合点がいったように「三歩はそうだな」と言った。三歩は、と彼が付け加えたのがとても気になったのだけれど、そのことを訊く機会には恵まれなかった。

二人はその後、仲良く水族館を楽しんだ。三歩のフェイバリット水生生物、タカアシガニの水槽では三歩がわーっと近寄り、馬鹿みたいな顔をしてぽかんとカニを見ていると、水槽の向こう側にいた小学生達に顔真似をされ笑われていた。休日のお子様に要らぬエンターテインメントを与えてしまったことに、三歩は恥ずかしくなった。

イルカのショー会場では二人並んでフライドポテトを食べながらイルカ達の見事な動きに心を奪われ、ショーに飛び入り参加する子ども達の頑張りに拍手を送った。途中、「イルカ達の勤労時間ってどれくらいなんだろう見合った報酬貰ってるのかな」と要らぬことを言いながら彼の方を見ると、彼もたまたま三歩の方を見ていたようで、目が合って驚いた三歩は持っていたフライドポテトを彼の腕時計の上に落としてしまった。しかし三歩のそういうところを知っている彼は怒ることもなく、三歩がそのフライドポテトを取る様子を見守ってくれていた。

純粋に、ただただ率直に、楽しいなと三歩は思っていた。こんな日があってくれてよかったなと。きっと彼もそう思っているはずだろうと思っていた。

鈍感な三歩は、彼の笑顔の奥、心の中にあるもののことになんて気づくはずもなく、そう、思っていた。

だから驚くのも無理はないことだ。

イルカショーが終わってから二人は、大勢のお客さん達が移動してしまうまでしばらくその場で待っていることにした。

三歩がフライドポテトと一緒に買ったペットボトルのお茶をくるくる手元で回していると、彼がおもむろに「三歩さ」と名前を呼んできた。

「ありがとう、今日一緒に来てくれて」

「え、うん、何が？」

チケットを手に入れて誘ってくれたのは彼の方だ。何にお礼を言われているのか三歩はまるで分からず、説明を待っていると、彼は笑って、しかしその笑顔が今までの笑顔とは違うものに見えて、一体どうしたのかという疑問を、三歩は異様に口角をあげる表情に込めた。

彼の笑顔は、友達と一緒にいて楽しい、という笑顔とは違うもののように見えた。

「あのさ」

「へい」

「いや、突然、こんなこと、言い出すのは、自分でもどうかと思うんだけど」

「なにそれ怖っ」

素の反応を返した三歩に彼は笑ってくれなかった。

「この前会った時から」

え、なんすか。

「いや、ホントはその前からずっと」

なになに。

「いつか言わなくちゃいけないと思ってたんだ」

彼が何か大事なことを言おうとしている。

突然の展開、彼の真面目な顔に、三歩は目を白黒させる。

「三歩に、言わなくちゃいけないことがあるんだ」

「……」

口を閉ざしたまま、三歩は、思っていた。

え、告白？

私もしかして告白されんの？　長年の友人だったけど実は気づいてなかっただけで一人はだんだんと想いを募らせちゃったパターン？　いや私そういうタイプじゃないけど？　知られれば知られるほど付き合うとかはないとか言われるタイプですけど？いや別に本気で言ってくれるなら私も検討はしますがいかんせん友達としての期間が長すぎたのでは。

なんて、この時、三歩は珍しくよく回転する頭の中で自分勝手な考えを不作法に広げていたのだけれど、彼の言葉の続きを聞くことは、この時点では叶わなかった。すぐ近くで、大人の怒鳴り声がしてかき消されたからだ。

唐突に響いた大きな音に、三歩はびくっと体を震わす。驚いてすぐさま、声のした方を見ると、大人に怒られ、男の子が泣いていた。

驚いた、けれど、よく状況を見れば、お子様が走り回ってベビーカーにぶつかり、それをきちんとした大人が叱りつけたという真っ当な場面だということが分かった。

三歩にだって分かる場面だった。だから、納得し、安心出来た。

しかし直後、誰かに腕を突然摑まれたことにより、さっきよりも大きな驚きが戻ってきた。

「ひぇ」

思わず声が出て、腕を見る。自分の皮下脂肪たっぷりで美味しそうな腕を摑んでいる手の先を見て、緊張が解けるのと、疑問が湧き上がるのを感じた。

「ど、どうしたの？」

三歩の腕を摑んでいたのは、先ほどまで複雑な笑みを浮かべていた彼だった。だから安心したし、不思議に思った。

三歩が訊いても、彼は目を見開き、さっき声のした方を見ていて、まるで三歩の存在が届いていないかのように反応してくれない。腕を摑む力はどんどん強まり、徐々に痛みが腕から脳に伝わってきた。

彼のその反応なき反応に、ただごとではないと、分かった。三歩にでも分かった。

ようやく、まずは自分に気づいてもらい腕を解放してもらわなければと三歩は思い立つ。でなければやがて自分の腕が千切れてしまうだろう。解決策を打たなければ。

大きな声を出したり大きな音を出せば周りの人達をも巻き込んだパニックとなるかも、それは何か分からないけれど問題を抱えているらしき彼の望むところではない気がした。

音は少なめに、じゃれ合っている友人同士に見えて、それでいて彼にきちんと気づかれる、攻撃。

よし、そうか。

くらえ。

「うりゃっ！」

三歩が彼の頭に思いっきりチョップをすると、きちんとした威力が腕に宿ったようだった。彼は「だっ」と声を出し、顔を下に向けて、三歩の腕を摑んでいた手を離してくれた。いつも三歩がやられている七から八倍くらいの威力（三歩の誇張）はあったろう明らかなやりすぎチョップだったが、効果はあったようだ。

三歩は腕から痛みがなくなることにひとまず安心する。見てみると、爪を立てられていたようで、しっかりと痕がついていた。怒りはなかった、戸惑いはあった。

「だ、大丈夫？」

訊くと、彼はゆっくり、三歩の目と、それから腕を見て、ようやく自分の行動に気がついたように顔をゆがめた。三歩は、彼のこれから言おうとするところを察し、先んじた。

「謝らなくていいよ」

「ご、ごめん……」

「無視かいっ！　いや、えっとひとまず、出ようか？」

頷く彼に、立てる？　と訊くと彼はもう一度頷いて、三歩に手を取られ立ち上がった。

幸い、イルカショーの場所は水族館の最後のブロックでここから先のルートを外れればすぐに退館することが出来た。今度は三歩が彼の腕を摑み、というよりは手を添えて共に歩いた。途中、彼は必要がないと言われたのに、ずっと謝罪の言葉を繰り返していた。それに対し、三歩はずっと「大丈夫」と言葉を返し続けた。

外に出て、人影のまばらな駐車場横の公園へと連れ立った。彼を屋根付きのベンチに座らせ、ダッシュで水を買いに行き、彼に渡すと、彼はまた三歩に謝った。

「もういいんだ、落ち着くまで、喋るな」

レンジャー部隊隊長を意識した強い口調で言うと、彼はようやく水を口にして静かな深呼吸をし出した。三歩も彼の隣に座る。

そして待った。いつまでも待つつもりだった。急展開の連続だったから、自分の心を落ち着ける時間も必要だった。

やがて、彼が三歩の名前を呼んだ。

「三歩」

「うん」

「ごめん」

謝らなくていいって言ってるのにまたこいつは。もう一回苦言を呈しようかと思い始めた三歩を、続く彼の言葉が突き刺した。

「嘘をついた」

「え？」

「ごめん」

話の流れも、彼の発する言葉の意味も、三歩は理解出来なかった。

「どゆこと」

当然の如くの疑問に、彼は、三歩の方を見ずに話し出す。

「三歩に、嘘をついた」

なんのことだろうと三歩は思った。だからまた「何が」と訊いた。

しかし彼は答えなかった。何も。何も。

訊いてしまった手前、次の言葉を続けることがはばかられた三歩もその場で黙り込む。彼は正面を見つめ、三歩が彼を見つめるそんな関係がしばらく続いた。

彼が喋り出してくれることをいつまでも待ってもよかったろう。ただ、待つ、という行為と状態が三歩には脅迫のように思えた。

耐え、相手にも耐えさせる、それも勇気だったかもしれないが、その点で言えば三歩は臆病だった。

「言いたくなかったら、いいよ」

三歩に言われなければ、喋り出すことが出来なかった彼も臆病者だった。

「…………いや」

三歩は唾をのむ。

「言わなきゃって、思ってたんだ、ずっと」

その言葉でようやく、彼が先ほどの話の続きをしようとしていることに、三歩は気がついた。もちろん、それが愛の告白なんていう話題じゃないことくらい、彼の表情から分かった。三歩にでも分かった。

彼は、ようやく教えてくれた。

三歩が会っていなかった、この一年間のことだった。

社会人になって人間関係でひどく傷ついたこと。小さな頃のトラウマのことや、家族のこと。人の怒鳴り声を聞くと、パニックになってしまうようになったこと。

そして。

「死のうとしたんだ」

全てを三歩がいきなり理解するのにはいくぶん無理のある隠し事を、彼はとうとうと喋り続けた。

そんな突然何を言い出すのかと、三歩は思ったけれど、人の気持ちを聞かされる側はいつも突然に決まっているのだった。

彼は、仕事の都合で三歩のいる町に引っ越してきたというのも嘘だったと言った。

「死のうとしたんだ。んで失敗した」

本当によかったと、彼が目の前にいながら、三歩は胸を撫で下ろす。

「もう一度、今度は確実な方法でって思った時、ふっと三歩を思い出した。もう一回会いたいって思って、それで連絡した。心配かけたくなくて嘘ついた。でも、嘘ついてるのが、なんていうか、三歩に嘘をつくことが、ほんと、巻き込んじゃって、ごめん」

文章になっていない彼の言葉。でも、伝わった。

こんな時、なんと言っていいかすぐに分かる人間がどこかにいるのだろうか。三歩には分からない。

三歩はせめて、彼の言葉を順番に呑み込んでいった。

何故気づいてあげられなかったんだなんて三歩は思わなかった。

今日もこの前もそれからこの一年の間も、メールや電話でやりとりをしていた時だってそんなこと彼はおくびにも出さなかったのだ、分かるはずがない。そもそも思わない、友達が死のうと思っていたただなんて。

ただただ、彼が、それをばれないようにしていたことに、心臓が締め付けられた。

笑顔で接してくれていたことに、脳が揺れた。

今までに何度だって、打ち明けてしまいたい瞬間が、慰めてほしい一瞬が、あっただろう。それらを吞み込み、今日まで耐え抜いた友達を想うと、お腹が痛くなった。

彼も、なんと言っていいのか分からなかったのだろう、何も言わなかった。

三歩には、彼のような人に、言うべきことが、想像出来た。しかしそれはきっと三歩が生きてきた中で、こういう場面で言うべきことだと知識として残ったものであって、本当に辛い思いをした友達にかける、自分自身の言葉ではないと思った。だから言わなかった。

急に、世界が不必要に広く感じられた。心細さに襲われた。カラスの鳴き声が聞こえた。

やっぱり彼は何も言わなかった。

だから、三歩は自分の心を形にする十分な時間を得た。

自分自身の心を彼に伝える言葉を、不得手ながら摑むことが出来た。

三歩はそっと、この広い世界で彼だけに届くように、どこにも声を逃がしはしないように、唇を開いた。

「あのね」

反応しない彼を待たずに、三歩は続けた。

「死んでもいいよ」

心の中を、大切な友人を想う、それだけの、ひどく狭い世界にした。

「君の辛さは、私には分からない。だから、もし、本当にもう何もかも耐えられないと思ったら、死んでもいい。止められない。死んじゃ駄目なんて、君の辛さが分からない私には決められない。君の人生だから」

正直なことを美徳と思う三歩はどこにもいない。子どもから大人へ成長するうちいつからかいなくなった。三歩は醜くてもいいと思いながら、彼に正直に話した。

「どう変わってもいいよ。君がどれだけボロボロになっても、なんにもなくなっても、君が死んだとしても、君を好きなままの私が、少なくともいるから、安心して、生きてほしい」

彼が、ペットボトルを強く握る音がした。

「そんな、感じ」

もう少し上手く言葉をまとめられたら。もう少し上手に彼を前向きに出来るような言葉をかけられたら。いくら思っても、これが三歩だ。

それからは、特に意味のある話をすることもなく、時間が過ぎていった。あるタイミングでふと、彼が「帰ろうか」と言った。三歩も反対はしなかった。体調は大丈夫そうな彼が車に乗り込んでから三歩も助手席に乗り込み、家の前まで送ってもらった。最後に、家の前で彼がかけてくれたお礼の言葉が、今まで、という意味だったらどうしようと思ったけれど、三歩は何も言えなかった。

一人になって、三歩はいつもの時間を過ごし、夜、布団に入ってから、誰にもばれないように泣いた。

彼は会社を辞めた。

しばらくの間は遠くの町にある祖父母の家で暮らすことになったらしい。

三歩は今日も図書館で働いている。怒られながら、傷つきながら、それでも元気に働いている。いつか彼の気持ちを分かる日が来るのかもしれない。でも、それを想像しながら生きていくのは自分には難しい。今は自分の中にある狭い世界のことを一生懸命やることにした。それくらいしか出来ない。

彼にも、広い世界のことはしばらく考えず、自分自身の為に生きていてほしいと思う。

しばらくして彼から改めての報告と謝罪のメールが来た時、三歩は一文だけのメールを返した。

次は、二割を私にちょうだい。

麦本三歩はブルボンが好き

麦本三歩は基本的にカロリー過多な生活を送っている。だから当然脂肪はそれなりについているものだとは自分でも思うのだけれども、着やせか代謝かそういう人間なのか、移動を徒歩で行うことと、あとはストレッチくらいしか運動をしていないのにもかかわらず、太って見られるようなことはない。しかしそれが良いことばかりかというと、先輩の女性陣から「三歩は食べても太らないからいいよね」というなんとも返しづらい言葉をかけられあうあうしてしまうなんてこともしばしば。

大学が夏休みの完全休校日でそれに伴い図書館も閉まってしまっている日の夕方、今日も三歩は過多なカロリーを摂取する為に家から徒歩四十分のスーパーに来ていた。少し遠いが、天井が高いところがお気に入り。遠いなら自転車に乗ればいいのでは？という意見も友人達からちらほら聞くが、早く着くことだけが全てではない。そう、自転車に乗るのが少し苦手なのだ。

自動ドアが開き、買い物かごを持つや、三歩が向かうのはお菓子コーナーだ。何を隠そう、今日は家のお菓子ボックス、その中身を補充する為に来た。色とりどりのお菓子の袋に左右から挟まれれば、三歩はなんとも言えない幸せな気分になる。糖、油、糖、油、聞こえは悪いが美味しいものが体に悪いはずもなし。

今夜もカロリーきめてハイになってやろうと、三歩は早速目に入った大好物のバームロールを手に取った。ホワイトクリームとちっちゃいロールケーキを合体させるという、禁止された黒魔術のように凶悪なその味を想像すれば、三歩は既にノックアウト寸前。口に運ぶ瞬間を想うだけでぶっとぶ。

さてさて甘いものを買うならもちろんしょっぱいものですわ、と何故かお嬢様言葉で考えを巡らせ立ち上がると、お菓子コーナーの横を今にも通り過ぎようとする女性が目に入った。

「うわっ」

言わなければいいのに。言ってしまったものだから、相手の女性は三歩に気づき、眉を持ち上げた。

「おお三歩、いや、うわっ、じゃねえよ」

「しゅみ、や、すみましぇん」

言い直したのに別のところを噛んだ。

三歩の背中を汗が伝う。もう口には出さないけれど、三歩の頭の中は、うわっ、とか、まじかよ、とか、嘘だろ、とかでいっぱいだった。別に相手をなめての表現ではない。例えばそう、小学生の頃、下校途中で怖そうな犬がいた時に思わず心の中に浮かべた声と似ている。それをなめているというのだと言われれば三歩に反論の余地はない。事実、怒られた時、三歩は、気をつけますよーだ、と心の中ですぐ舌を出す。

そんな風にしながらも基本的には三歩の天敵、図書館の怖い先輩は買い物かごを片手にすたすた歩み寄ってきた。

「こ、こんにちは。本日はお日柄もよく」

「別にそんなかしこまらなくていいって、三歩ここら辺じゃなくない？」

住んでいる場所のことだとはもちろん分かり、三歩はなぜ自分が住んでいるマンションから徒歩四十分のこの場所に来ているのか説明した。

「高くて」

「高いなら来んだろ」

「天井が」

「なんの倒置法だ。そんでどんな理由だ」

いちいちツッコんでくれる後輩思いの怖い先輩に、えへっえへっと普通の笑いと愛想笑いのちょうど中間笑いを繰り出す。目のやり場に迷って先輩のかごをちらり見ると、白身魚が二切れ入っていた。

「煮つけ……」

頭に思い描いたことをつい口に出してしまった。後悔しても、その頃すでに声も意味も相手に届いてしまっている。

「ああ、カレイね。三歩は、また、体に悪そうなものを」

「生きる為に体にいいものは美味しく感じるはず、説」

「んなわけない」

切り捨てられてしまえば三歩に反論のすべはない。元より無茶苦茶なことを言っているのはこっちだって承知の上なのだから、正論なんて無意味極まりないもの言わないでほしい。

「そうそう、煮つけにしようとは思ってたんだけど、今日はこんなにいらないの忘れてて戻してこないと。三歩使う？」

「うーん」

三歩は少し悩んで自分が煮つけなんて作れなかったことを思い出し、首を横にふるふる振る。

「や、いえ、食べたいのはやまやまですが、煮つけるテクノロジーがなく」

「え、鍋もないの？」

「いえ私になく」

「じゃあテクニックだろ。ロボットか」

やっぱりいちいちツッコんでくれる後輩思いの怖い先輩は、自分のかごに入っているカレイを持ち上げてじっと見てから、ふと何かを思いついたと言わんばかりにまぶたを少しだけ開いた。

「三歩さ、煮つけ食べる？」

「いえあのなのでその作れませんでして」

「うんだから、私が作ったら」

「へ？」

それはどういう。

「うち、こっから近いんだよ。すぐんとこ。カレイの煮つけ作るから、食べてく？」

それは優しさか餌付けか。それはともかく、三歩は頭突きでもするように先輩に対して思い切り首を縦に振った。

「た、食べてくますっ」

色々なことを考え、もちろん先輩の怖さや自分の人見知りとも相談したけれど、三歩の頭の中、それらの思考は全て食欲というブルドーザーに一掃された。

お店も自炊も美味しいけれど、人の手料理はまた違うジャンルの料理なのだ。選ばれし者にのみ食べることを許されたジャンル手料理を、普段一人暮らしの三歩が味わえることは少ない。この貴重な機会を逃す手が三歩には右にも左にもなかった。

「じゃあ、もう一品くらい作ろうかな。三歩、何か食べたいものある？」

「せ、先輩の作るものならなんでも」

可愛い後輩彼女かっ、と三歩は心中自分でツッコむ。

「マジか。えー、ていうか初めて料理食べてもらうの緊張すんな」

にかりと照れ笑いを浮かべながら生鮮食品売り場の方に歩き出す先輩。普段とは違う台詞と表情の可愛さに撃ち抜かれた三歩は、あれこの人が私の彼女だったっけ？

と錯乱しながら後を追う。

「そうだ、帰りはバイク乗せてくから」

あ、違うこの人やっぱり私の彼氏だった。

「せーんぱーい」

「んだ気味悪いっ」

「す、すみません」

思わず発動してしまった三歩の中の先輩大好き甘えた後輩キャラを一撃で殺し、怖い先輩は豚の細切れを手に取ってかごの中に入れた。


怖い先輩の家は聞いた通りスーパーから歩いてすぐだった。お菓子でパンパンになったトートバッグを肩にかけ、先輩の荷物を一つ引き受けて五分ほど歩いた。大きなマンションの綺麗なエントランスにどぎまぎしながら、エレベーターでベビーカーを押したお母さんとすれ違い、八階角部屋のドアを開けて家の中に入ったところで、三歩の喉にさっきからひっかかっていた言葉が飛び出してきた。

「せ、先輩クラスになるとお給料三倍になったりしますか？」

「残念だけど。ここ二人で払ったらそんなに高くもないんだ」

「なーんだ」

残念。

んん、二人？

「お一人暮らしでは」

お邪魔します、と言い終わるや否や質問すると、怖い先輩は振り返りもせずリビングへの廊下の途中、右手にあったなんらかの部屋のドアを閉めながら「二人だよ」と素っ気なく答えた。足元には先輩の靴と三歩の足だけ。

リビングに入ると、しっかり整理整頓された部屋には確かに怖い先輩とは違う人の匂いがあった。三歩自身もしっかりとは説明出来ないのだが、怖い先輩とは色の違う匂い。

三歩は怖い先輩が自分の彼女でも彼氏でもなかったことを思い出した。

手洗いうがいの為に洗面所を使わせてもらう。こちらも綺麗に整理整頓されていて、肌をケアするグッズ達と並び、色違いの歯ブラシがコップにたてかけてあった。

用事を済ませ、リビングに戻ってから三歩は言い忘れていたことを思い出した。

「ひゅーっ」

「は？」

「いえ、しゅみません、つい」

言うべきでも言う必要もないことを勇気を出して言えたので、三歩は手洗いうがいから帰ってきた怖い先輩に何かお手伝いをしましょうかと申し出る。しかし普段の勤務で失った信用が響いたのか、それともおもてなしの精神か、三歩はリビングの四人掛けテーブルに座らされた。

「テレビとかつけてもいいよ」

とか？　とかって他に何があるんだろう。先輩の後とか？

そういえばこの段になって言うことではないのだろうけれど。

「ほ、本当にご馳走になっちゃっていいんですか？」

「もうご飯も二人分炊飯器にセットしちゃってたからちょうどよかった。ってか、訊くの遅くね？」

スルーされるかと思いきややっぱりちゃんとツッコんでくれて、三歩は「す、すみません」と謝りながらもなんだかほっとする。怒られたいってわけでは決してないけど。それはもうほんとにそんなわけないし怖い先輩とシフトがかぶってない日なんかほんとに気が楽なんだけど。ああこの前怒られたのを思い出したら心臓がきゅっとなる。あれは確か利用者に信頼されるスタッフになれとリーダーから言われたので、三歩が小説を借りに来た子達に同じ作者のおすすめ小説を力説していたら、カウンター業務が五分の一のスピードになった日の話。

夕方のニュース番組を見ていると、キッチンからずっとしていたかちゃかちゃという音と共に、醤油ベースの良い匂いが漂ってきた。三歩の口から思わず「うわー」と出てしまい、「どうした?」と訊かれてもどうもしていないのだから答えに困った。

三歩が答えに窮している間にも調理は続けられているようで、ビーッとビニールをはぐ音や、ザクザクとキャベツを刻む音、ついにはお味噌汁の匂いなんかもしてきて、やっぱり自分達は新婚の夫婦だったのではと、三歩はまた錯乱する。

錯乱し、もののはずみで怖い先輩を下の名前で呼んでみようかと思いついたけれど、どうにか思いとどまる。でも新婚なんだったら別に怒られないんじゃないかという怖いもの見たさの悪魔と三歩が戦っているうちに、テーブルには料理が並べられていった。三歩なりに気を遣って「運びます」と申し出たが断られた。おもてなし、だろうか。

のうのうと座っている三歩の前に並べられる、サラダ、生姜焼き風豚肉炒め、ご飯、お味噌汁、そしてカレイの煮つけ。

「簡単で悪いけど」

そんなことを怖い先輩が言うものだから三歩はそんなことないという気持ちを込めて感謝を伝えようとする。

「お腹ぺこぺこです！」

はい間違えた。しかし怖い先輩は「ご飯お代わりもあるから」と言って、ペットボトルのお茶とコップを提供してくれた。慈悲深き先輩に乾杯。

いただきます、と心から手を合わせ、食べた料理はどれもとても美味しかった。

夕食後、予は満足じゃという調子でふんぞり返っていたら、美味しいご飯を作れる怖い先輩がコーヒーを淹れてくれた。危なく「苦しゅうない」と言いかけたところを踏みとどまり、「ありがとうごぜーますぅ」と庶民の心を取り戻した。

庶民は偉い人に私物を献上しなくてはならない、ということで、トートバッグから
お菓子を取り出して、向かいに座った怖い先輩に差し出した。

「こちらよかったらお茶請けに」

「こんなに買ってたのか」

「甘いものからしょっぱいものまで各種取り揃えておりますー」

感心したように一つ一つ袋や箱を持ち上げてみる怖い先輩は、普段あまり自分では
お菓子を買わないようだ。

バームロール、ルマンド、アルフォート、プチうす焼、チーズおかき、ピッカラ、
とどめに、シルベーヌ。

今回の三歩のおやつまとめ買い、テーマは。

「全部ブルボンだな」

「正解っ！」

思わず拍手をすると、先輩は微妙な笑みを浮かべた。ひょ、ひょっとして森永派だ
ったのだろうか。どっちも好きだけれど、ブルボンへのディスが怖い先輩の中にある

としたら、三歩としては捨て置けない。いかに相手が美味しいご飯を作ってくれた怖い先輩だったとしても、ブルボンの為に戦わなくては。もちろん以上は全て三歩の勝手な思い過ごしである。

「シルベーヌっていうんだこれ、子どもの頃ご馳走だと思ってたなぁ」

「形からもうケーキですもんね」

「アルフォートって箱青だけじゃないんだ」

「今日は大人な気分だったので、ブラックです」

「これ一本68キロカロリーもあるのかっ」

「バームロールは世界で一番美味しいお菓子だから仕方がないです」

言い切ると、怖い先輩はふふっと笑ってくれたので、三歩は安心して「どれでもお好きなものを」と勧めた。先輩は「じゃあ世界で一番美味しいのを」と言ってバームロールの袋を手に取り、開封する。自分が好きなものを誰かが選んでくれるっていうのは嬉しいものだ。じゃあ私もバームロールをと思っていると、先輩が袋から個包装のバームロールを二本取り出し、三歩に一本渡してくれた。

「おー、久しぶりに食べると美味しいな」

「毎日でも美味しいですよ」

「こいつがバックヤードにあるとすぐなくなるって誰か言ってたぞ」

「だ、大人気なんですねぇやっぱりぃ」

口笛を吹こうとするも音が出ず三歩の唇からフーフーと吐息が漏れる。正直それならそれで笑ってもらえて場が和むかと思っていたのだけれど、世の中バームロールみたいに甘くない。怖い先輩はバームロールみたいに白けた顔をしていて、三歩はキス顔まがいをずっと披露していただけになり、すぐさまフローリングに穴を開けて入りたくなった。

「三歩はブルボンのお菓子が好きなの？」

「そ、そうですね」

床に穴を開けて殺される前に怖い先輩が話題を提供してくれて助かった。フローリングも命拾いしたなへっへっへ。

「ブルボン原理主義じゃないんですが、なんかこう、ラインナップのパワーバランスを考えた時にブルボンが一番自分の中の天下一武道会団体戦の部を勝ち上がる可能性が高いというか」

「何言ってんの？」

「分かりません」

途中から自分でも何言ってんだろって思ってたから正直に言うと、怖い先輩が今度は笑ってくれた。笑ってもらえるのなら、分かってもらえなかったとしても、救われる部分がある。床とか。

バームロールを食べ終わり、次は二人で大人気商品ルマンドに手を出すことにした。「これ絶対粉こぼれるよな」という怖い先輩からの議論提起に、三歩が漫画で読んだ吸いながら食べればいいという方法を提案、二人して挑戦し怖い先輩が途中で「出来るか！」と試合放棄するも三歩は勇気を見せ、結果咳き込み余計に粉をまき散らすというような遊びをした。

さくさくぱりぱりもふもふとお菓子を堪能しながらどうでもいいような話をしていると、カップのコーヒーはいつの間にかなくなっていた。

「あ、もう一杯いる？」

いただこうかなと思いつつ、三歩はふと壁にかかっていた時計に目をやった。

「お時間大丈夫ですか？」

「三歩が大丈夫ならうちは全然大丈夫」

「旦那さん？　彼氏さん？　が帰ってこられたりは」

「ああ、今日は多分帰ってこないと思うから、それも大丈夫」

それなら、と三歩はもう一杯コーヒーをいただくことにした。帰ってこないと思う、という言葉を怖い先輩が自嘲気味に言ったことは分かっていたけれど、大人なのだから色々あるのだろうということも三歩は分かっていたから、何も言わず、お言葉に甘えることにした。

淹れてもらったコーヒーは香ばしく、そんなのお菓子に合わないわけがなくて、また一つ、三歩はバームロールに手を伸ばす。

まさに至福の時間を三歩が過ごしていたのに。

「三歩、次の相手作んないの？」

いきなりの急カーブで事故必至な質問を投げつけられ、噴き出しそうになり、実際コーヒーが唇にちょっと出た。慌てて舌でなめとって、「い、いやあどうですかねえ」とひとまずコーヒーならぬお茶を濁した。

「まあ、図書館勤務でなかなか出会いも何もないか」

「そうす、ねえ」

自分のこととなると歯切れゼロになる三歩。ひとまず逃げの一手を打つ。

「せ、先輩はどうやって出会われたんですか？」

「地元一緒なんだよ」

ひょっとしたらはぐらかされるかなと思ったのだけれど、すっと答えてくれるところに、怖い先輩の中にあって自分の中にはない大人みを三歩は感じた。

「どこでしたっけ？」

県の名前も怖い先輩はすっと答えてくれた。なるほどー、と思いつつ、三歩はその県に何があったかを考える。しかしぱっと何かを思いつくことはなかった。行ったことがないというのもあるし、恐らく都会ではないというのもあるだろう。方言を使う芸人さんの出身地だった気がするくらいだ。

「えー、あー、有名なものって何がありますか？」

「そうだね、例えば、これとか？」

先輩はテーブルの上にあったバームロールを指さした。え？　何？　バームロール？　バームロールの木でもあるの？　だとしたら移住したい。

またまた錯乱する三歩の様子に気づいたのか、怖い先輩はきょとんとした顔で説明してくれた。

「え、ブルボンの本社の場所」

「へー！　そうなんですか！」

素直に三歩が驚くと、怖い先輩も驚いた顔をした。

「てっきり当然知ってるのかと思った」

いつもより表情豊かな怖い先輩は、驚いた顔を今度はにやりとした意地悪な顔に変えた。

「基本情報も知らないとは三歩の愛も疑われるな」

きっと三歩と戯れたくて、怖い先輩はいじるようなことを言ってくれたのだ。出来た後輩ならここで「もー」とでも言って膨れてみせ、先輩といちゃいちゃすることだって容易だったはずなのだ。しかしお忘れではあるまい。三歩にはないのだ。大人みが。

「愛してます！」

大好きなものへの愛を疑われたと思っただけで、こうしてムキになる。完全に言葉の選び方と声のトーンを間違えているが、ムキになった三歩は訂正もせず。ぽかんとする怖い先輩に向かって続けた。

「本社の場所なんて知らなくたって私はブルボンのお菓子を心から愛しています。そしてこんな素晴らしいものを生み出してくれた人達に日々感謝を忘れません！　どれだけ知ってるか、どれだけ分かっているか、確かにそういう愛の形だってあると思います。でも、私の愛は、知識や情報以外のところでしっかりと胸の内に存在し、形を成しているのです。その想いは誰にも否定されないものだと思います。はい、偉そうにしかも大きな声ですみません。今自分で何言ってんだろうと反省してますはいごめんなさい許してください」

愛を大声で語っている恥ずかしさと、別に喧嘩を売られたわけでもないのにムキになる間違いに途中で気がついた三歩の声は、だんだんと小さくなりやがて途絶えた。同時に視線も下がり頭を下げてテーブルの木目を見る。頭に満ちるのは、反省反省反省。

美味しいご飯までご馳走してくれた先輩に何説教してんだ、やっちまったー。

今度こそフローリングに穴を開けて飛び込もう、そう三歩は決意した。

「ごめん」

ところが、怖い先輩のその一言が三歩を踏みとどまらせた。先輩を見ると、とてもバツの悪そうな顔をしていた。初めて見る表情だった。

「そう、うん、おかしいよな、本当にごめん」

「や、あの、謝られると、こちらもその」

まさか怖い先輩が三歩の暴言に謝罪してくれるなんて思わず、そんなしおらしい顔をするとも思わず、三歩はあたふたして、そこに沈黙が生まれ、またあたふたとする。

先輩と目が合うと、二人ともに苦笑して、なんだかまるで、喧嘩したカップルみたいだと三歩は思った。それならまた仲良くやっていけるか、ここで決別するかの二択だ。

あれ？　やっぱり怖い先輩が私の恋人だったのだろうかと、またまたまた三歩が錯乱していると、先輩はこの場の空気を滞留させない為にだったのだろう、コーヒーを一口飲んだ。

それから話をしてくれた。

詳細は怖い先輩がせっかく三歩だけに話してくれたのだから省くけれども、ありていに言えば、先輩に最近起こった大人の色々についての話だった。それが、さっきのブルボンの話と少しだけ関係していた。相手のことを知らなくても怖くないのに怖がってしまうことがある、そんな話だった。

三歩は怖い先輩の話を、同居人の帰ってこない部屋で、コーヒーが冷めるまでじっと聞いていた。

雨降って地固まるという言葉があるように、何かしらの摩擦があって人と人は親密になるものなのだろう。あの日以来、三歩は怖い先輩との距離がぐっと縮まったような気がしていた。怖い先輩の、一番表にあるものが怖い部分ではなくなっていくような気がしていた。そろそろ脳内での彼女の呼び名を変えなければならないなうふふふふ。だなんて思っていたのに、これである。

「三歩ー！」

出勤して仕事を始めてすぐだ。控室で、表には届かない絶妙な大きさの怒鳴り声が響いた。もちろん受け取り手の三歩は、直立不動でお叱りの言葉を待つ。

ガミガミガミガミガミガミガミガミガミ。漫画だったらきっとそんな文字がコマいっぱいに広がっているだろうシーンを想像しながら三歩はしっかりと怒られる。

「覚えてないなら、判断する前に誰かに訊けっ、てか覚えろ」

知識が一番大事なのではないと理解してくれたんじゃなかったのかなー、なんて思っていたのが表情でばれたのだろうか。

「仕事と愛情は違うからな、ルールとブルボンも」

三歩は物理的に脳に釘を刺されたような気がした。

しかしそんな痛みにめげないのが三歩の長所であり短所なのだ。

そんな怒らなくてもいいのにー。実は自分でも気がつかないところで、怖い先輩のことを慕いそしてどこかなめている三歩は頭の中だけで舌を出して、仕事に戻ることにする。

「あーあと三歩、って、んだその顔」

「い、いえ、なんでも」

頭の中だけのつもりがついやってしまっていた馬鹿みたいな顔を、突然振り返った先輩に見られてしまい三歩は狼狽する。も～女の子の見ちゃいけない部分であるんですよ〜、と頭の中に甘えた後輩を召喚することで自我の崩壊を免れた。危ない危ない。

まだ怒り足りないのだろうか、半分辟易として怖い先輩のお言葉を待っていると、先輩は控室の端っこ、流し台を指さした。

「補充しといた」

何故だか照れくさそうに言って、怖い先輩は受付カウンターに出ていってしまった。一体何だろうと、三歩は先輩が指さした方に近づいてみる。そうして、「うおっ」と小さく声をあげた。

流し台に置かれたお菓子用のバスケット、そこには、今までに見たことないくらいたくさんのバームロールが入っていた。

三歩は控室の出口の方を見て、バスケットを見て、もう一度出口の方を見る。怖い先輩が出勤してバームロールをせっせと、いや、がさっと一気にかもしれないが、バスケットに入れている姿が脳裏に浮かんだ。そしてさっきの照れくさそうな様子。瞬間、怖い先輩の脳内呼び名が可愛い先輩になりそうになる。ひらがなでもローマ字でも二文字違い、その変換はすぐだ。

ああこんなにたくさん私の為に、と、尊大な三歩はすぐに考え、そうっとバスケットに手を伸ばした。

「後でに決まってんだろっ！」

「はいっ！」

後ろからの鬼教官の怒鳴り声に反射的に背筋を伸ばした三歩は、いそいそと控室から受付カウンターに出ようとする。と、怖い先輩も横に並んだ。何も用事がないのに怪しいと思って見に来たのかよ、横暴だ！　パワハラだ！　自分で餌まいたくせに意地悪だ！

また三歩は怖い先輩に見つからない心の中で反旗を翻す。翻しながら社会人である三歩は、もちろん分かっている。子ども扱いせず怒ってくれるのは、彼女が人一倍、後輩を対等に見てくれている先輩だからだ。

しかしそれと怒られたいかどうかの話は別だっ！

怖い先輩は閲覧室の方へと消えて行く。一方、三歩は不満げな顔を隠さず、受付カウンターに集まった返却本を配架用ラックに移し替える作業にかかる。すると、近くに座って仕事をしていたおかしな先輩と優しい先輩が、こちらを見ているのに気づいた。三歩はその視線にびくりとする。

「な、なんですか？」

二人の先輩は、三歩の問いに答えず今度は互いを見る。

「いつ見ても楽しそうなプレイだよね」

「ねー、三歩ちゃんとあの子が羨ましいです」

囁き合い、二人は仕事に戻った。は？

おかしな先輩がおかしなことを言うのはともかく、優しい先輩まで何を言ってるんだろう。訊こうと思ったけれど、利用者が受付に来て応対しているうちに、三歩はそのことを忘れてしまった。

仕事が終わった後で、三歩は怖い先輩と仲良くバームロールを食べ、そして仕事上の大事な報告を忘れていたことをまた怒られた。

しゅんとした気持ちになった後すぐ、どんなことでも面倒くさがらず、いつも相手をしてくれて、怖い先輩に自らなってくれている彼女の見えないところで、三歩は可愛い後輩の可愛いミスでしょーだなんて、舌を出すのであった。

麦本三歩は魔女宅が好き

　麦本三歩は酔っぱらう。二十歳を超えてからというもの、いやきちんと超えてからだったと断言すると嘘になるが、まあそこそこの年齢になってから三歩は酒をたしなんでいる。だから飲み会の場などでも酔っぱらうのだけれど、今回は酒の話じゃなく、アルコールと同様に彼女を酔わせるものがあるという話。それは、自分自身。

　何を言っているのか、誰かが説明したところで一体どれほどの人が理解出来るのか未知数であるが、三歩自身も理解出来ていないのだから、他人が理解出来なかったとしても仕方がない。

　三歩は三歩に酔うのである。より正確に言うならば、三歩は三歩らしさに酔うのだ。きっかけも引き金も三歩には分からない。それればかりか三歩には自分が酔っているのかすら分からない。ただ、三歩が三歩に酔っている時には決まって頻繁に同じようなことを言われるようになる。

「三歩らしいなあ」

笑われる場面も、喜んでもらえる場面も、馬鹿にされる場面もあるが、異口同音、日に何度も言われ始めたら要注意、三歩は三歩に酔い始めている。

無自覚にやってしまう、どこかで三歩を演じてしまっている。普段よりよく食べ、よく笑い、よく噛み、よく物を落とす。いや後半二つをらしさと言われるのは三歩としては不本意だろうが。

無自覚だからもちろん三歩自身、気がつくことはない。他人にも気づかれない。酔っている状態の三歩がいつも以上に他人に絡んだり泣き上戸になったりということはなく、いつも以上の実害があるわけではないからだ。

ただもしそれを害だと感じる人がいるならばの話だけれど、二日酔いになってからの三歩には気をつけた方がいい。

自分に酔っていた、という自覚はないものの、三歩は朝起きた瞬間に妙な倦怠感を覚えることがある。いつもと変わらない今日であるのに、何やらいつもと同じ自分であることが許せなくなってくる。同じ三歩を見せるなんてつまんないよね、と何故か妙な使命感が湧き上がり、いつもとは違う風に髪をセットし、いつもとは違う風な化粧をし、友達からおふざけで貰ったいつもとは違うなんかエロい下着を着ける。

ここまではいい。三歩が濃いめの口紅を塗ろうが、腰の部分が紐になっていようが、他人の知ったことではない。三歩の二日酔いは、人と会ってからこそが本番だ。

「おはっ、うぉ、どしたその顔っ」

出勤した三歩がロッカールームでエプロンの紐を背中で結んでいると、いつものきりっとした顔で入ってきた怖い先輩が、こちらを見て全力でのけぞった。

「うふふ、真っ赤なルージュ、たまにはこんなのもいいでしょ?」

キスミー フェルム プルーフシャイニールージュ、税抜き九百円。かなり前に大好きな『魔女の宅急便』をテレビで見た次の日、勢いで買ったもの。

「なんに影響されたんだそのキャラ」

呆れ気味の怖い先輩が自分のロッカーを開けようと、三歩の横に立つなり、三歩は怖い先輩のロッカーをそっと手で押さえる。

「もっとかまってくださいよ、先輩」

もちろんというか、なんというか、三歩は当然のように、むにっとほっぺを摘まれた。

「のけ」

「ふぁい」

別に痛くはないけれど、伸ばされたほっぺなんて、赤いルージュに似合わない。

三歩は「それじゃあ、先に行って、待ってます、うふふ」と艶やかさを意識した発声をし、ロッカールームを出る。「次はつねるぞ」は背中で聞いてないふりをする。

スタッフ専用の控室から開館前の静かな受付カウンターに向かうと、既に数人の先輩スタッフ達が雑談をしていた。全員三歩を見るとぎょっとして、「おはようございます、ごきげんよう」という言葉を聞くと同時に各々目を見合わせた。そこからどう処理していいか分からないという空気がカウンター内に流れたので、「おい、ベルばらごっこ」という声と共に現れた指導係はさしずめこの場の救世主だった。三歩以外の皆が安堵の表情を浮かべた。

「変なキャラは百歩譲るけど、絶対図書館のものに口紅つけるなよ」

「もちろんです、今日の三歩は一味違います、恐ろしい子と呼んでいただいても構いませんことよ」

「それはガラスの仮面だ。利用者応対それでやる気か？」

「い、いえ、ましゃか」

流石の二日酔い三歩にも怖い先輩に逆らう意気はない。新しい自分を見せたい欲だけでしばかれてはわりに合わない。

指導係の目から逃げるようにてててっと早歩きで階段に向かい、上階へとのぼる。電気をつける役割を真面目に果たすためだ。もちろんその際も優雅さを忘れないため、三歩は五歩に一度スキップを織り交ぜる。優雅さを勘違いしている。

蛍光灯で図書館内を照らし、蔵書検索用パソコンの電源を入れ、一階へと戻る。開館作業は分担制なので、皆が朝刊を閲覧スペースに配置したり、談話室や開架書庫の鍵を開けたりするため、図書館内に散っている。カウンターでは穏やかな笑顔の男性リーダーと、出勤してきたところなのか優しい先輩が今まさにエプロンをつけながら、パソコン画面を見て話していた。

獲物を見つけたとばかりに三歩が近づくと、二人は足音に気がつき顔をあげた。

「おは」

そこで止まってしまった優しい先輩の代わりに三歩はぺこりと頭を下げ、うふふと微笑む。

「おはようございます、先輩、今日もお綺麗ですね」

すぐには、返事が来ない。

優しい先輩が反応に困るだろうということを三歩は予測していた。思っていてなんでそんな行動を選ぶのかと言えば、三歩は、今日は一味違う自分でいますからという威嚇をしているのだ。なので本音を言えば、どちらかというと驚いてくれるくらいの反応の方が、キャラをまだ会得しきっていない三歩としてもやりやすかったりする。

しかし、世の中そう甘い大人ばかりではない。

動揺の表情を、先輩は笑顔で塗りつぶした。

「三歩ちゃんこそっ！　どうしたのー、イメチェン？　かわいー。えー、エプロンじゃなくて私服で見たかったなー」

「え、あ、はい、ありがとうごじゃいます」

困った顔のリーダーの横で目をキラキラとさせる優しい先輩に、三歩はたじろぐ。

「女の子がファッション変える日に会えるなんて嬉しい」「お日様の下だとまた印象変わりそうだね」「もうあの子には見せた？」

ぐいぐいと優しい先輩が来るごとに、自分から攻撃をしかけたくせに身勝手な三歩は曖昧な返事を繰り返しながら、一歩ずつ下がる。ついには肉食動物から逃げるようにててててっとカウンターを離れた。自分の思い通りに相手が反応しないと困る未熟な三歩。

これをきっかけにしていつもの自分に戻れていれば、周りの皆をこれ以上動揺させることもない。しかしまだまだこんなことでは三歩の二日酔いは晴れない。今日のファッションや普段と違う言葉遣いで生活するのを、三歩は疑いなく自分にも周りにもエンタメを与える楽しいイベントだと信じているからだ。

「お疲れ様です、せ、ん、ぱ、い」

「クソ腹立つけど、今日は大きいミスがないから、まあよし」

「光栄です、うふふ」

お昼休憩に入り、未だめげずにいつもと違う自分を見せつけていた三歩は、ついに怖い先輩から免罪符を貰うに至る。ちょっとだけクソの部分が気になるけれど、そんなところに反応するなんて真っ赤なルージュには似合いませんもの。

優しい先輩が、控室の隅で繰り広げられる妙な会話にけらけら笑う。

「三歩ちゃんの、それ、ツボるっ」

人差し指で涙を拭いながら、お腹を抱える優しい先輩、どうやら外見を受け入れることは出来ても、エレガントさを完全に勘違いした少女漫画口調が先輩の体にボディーブローのようにダメージを与えていたようで、彼女は先ほどからずっと笑っている。

驚いてほしかったのは事実だったけれど、笑われるまでいくとまたちょっと違うんですよお姉さま。

「うふふ」

ちょっと優しい先輩のボーダーラインがどこにあるのかを確かめる意味もあり、わざと目を合わせてもう一度、優雅な微笑みを声に出して表現する。と、先輩はすぐに目をそらして近くのテーブルに手を突き、体を震わせた。あ、これもうダメだ。いつの間にか致命傷を負わせてしまっていたらしい。

先輩が復活するのを待ってから、再度目を合わせウインクする。あ、これは大丈夫。

「三歩、休憩中もその口調禁止」

「えー」

怖い先輩からの業務外命令に、普段の三歩であればすぐに態度を改めもしただろうが、今日の三歩には妙な使命感と意地がある。ということで、一応ひらがな一文字で反発してみたのだけれど、「あ?」とひらがな一文字で脅されたので、「ノー」とカタカナ一文字でひれ伏し両手をあげて無抵抗をアピールした。

仕方ない、新たな自分自身はファッションと所作のみで魅せていくことにしよう。

三歩はロッカーに入れておいた今日のお昼ご飯を持って、空いている席につく。

「いただきますっ」

三歩の挨拶に視線をとられ、ようやく今日の三歩の昼食に気がついた二人の先輩が、同時に噴き出した。

「んだ! それっ!」

何かがよくないところに入った様子で咳き込む優しい先輩の気持ちも上乗せしたのだろう、怖い先輩が閲覧室に聞こえてしまいそうな声で三歩にツッコミを入れた。正確には、三歩が持っているそれに。

「お昼ご飯です。途中のパン屋さんで買いましたっ」

全力でドヤ顔と、紙にくるまれた昼食を振りかざす三歩。

「え、フランスパン、だよな？」

「はいっ、パリジャンというそうですっ」

「ボケる為に買ってきたわけ？」

「いえいえましゃか、紙に包まれたフランスパンなんて、優雅でエレガントでしょう？」

完全にはき違えていると、普段の三歩なら流石に分かるのだけれど、二日酔いとはかくも恐ろしい。

先輩達の変なものを見る目をかいくぐり、パンを半分に折って片方に齧りつく。この時点で既に優雅さのかけらもない。と、真っ赤な口紅のせいで、パンがグロテスクになっていく。

しかしそこは間違った優雅さについて存分に考えた三歩、席を一度立って控室の冷蔵庫から朝のうちに入れておいた苺ジャムと牛乳、それからハムを取り出し、席に戻る。苺ジャムで口紅が気にならなくなるって寸法さ。

「間違ってると思うぞ、いや、いいけど」

「いりまふ？」

噛んだのではない、齧りついた。

「いや、いい」

優しい先輩にも訊こうかと思ったが、彼女はいつの間にか席を立っていた。開けられたままデスクの上に残されたお弁当が抒情的だ。

ジャムやハムを駆使してフランスパンをガシガシ掘り進めていくと、美味しいのだけれどやがて顎が痛くなってきて三歩は休憩する。いつの間にか、優しい先輩も戻ってきて怖い先輩と天気の話をしていた。でもこちらに少しも目を向けてくれない。顎が回復するまでと思い、ふわついた白い部分だけをちぎって食べていると、怖い先輩がいつからかこちらをじっと見ていることに気がついた。

「今日の三歩の色々は、なんなわけ？」

「うふふ、なんでもありませんわ」

「やめろ、一人死にかけてんだよ」

ちらりと優しい先輩を見ると、焦点の合わない目で虚空を見ながら深く呼吸をしていた。んふー、んふー、と聞こえてくる。

三歩もいつも優しくしてくれる先輩を笑い殺すのはいささか寝覚めが悪いので、きちんと自分の考えを伝えることにした。

「いつもの自分がつまんなくなっちゃいましへ」

嚙んだ。

「それに、いつも同じ私を見ている先輩達もつまらないだろうと思いまして、新しい私をお届けしたく」

「なんでそんないきなりファッション雑誌の表紙に載ってるみたいなこと思うんだよ」

「なんででしょう」

酔っぱらっていた自覚のない三歩には分からない。

「でも今、楽しいです。まるで私じゃないみたい」

「コスプレみたいなもんかな」

「ま、まさか、やったことがあるんですか？　メイド服とか……」

「あると思ってんのか」

あったらめちゃくちゃ面白い、けどきっとないだろう。もし怖い先輩がメイド服で突然現れたら、きっと三歩も現在の優しい先輩と同じ状態になる。出来るだけ笑いを誘引する原因を視界に入れないように、自分がすべきことだけを黙々とする状態。優しい先輩、さっきから無言でむしゃむしゃブロッコリーを食べている。警戒心の強いうさぎみたいで可愛い。

「まあ、三歩がメイド服で来たら流石に私もひんむくけど」

「けだもの……」

「スタッフにメイドがいてたまるか。メイド服だったらそうしてたけど、髪型と口紅くらいだったら別にいいよ」

「嬉しいです、うふふ」

「それはやめろ」

優しい先輩殺人事件が出版されてしまわぬように、口調を元に戻す指示には大人しく三歩も従うことにした。とはいえ、メイクは許されたのだから、こっちのものである。長期戦には譲歩が大事だ。今日の帰りにユニクロに寄ってルージュに合わせつつも仕事に使えるワイシャツを買って帰る算段と、今の髪の長さで出来るゴージャスな髪型を考える予定をたてた。

三歩は自らのドレスアップを楽しみに、今日の仕事を頑張ることにした。

ところが、思い通りにいかないものである。

「三歩はあれ、何してんの？」

夕方、書類を取りにバックヤードへと向かったところ、今日は家庭の事情で遅れての出勤であるおかしな先輩の声が中から聞こえ、三歩は入り口の数歩前で立ち止まった。実は先ほど、図書館に入ってくるおかしな先輩と遠巻きながら目が合い、三歩は腰をくねりとさせた会釈を贈っていたのだ。

すぐに会話に入っていこうかとも思ったが、もしこれから自分の悪口を言うところだったらどうしよう、とルージュの下の小心者が三歩の足を立ち止まらせた。

「私を、殺そうとしています」

切実な優しい先輩の声。

「なんか、新しい自分を見せようとしてるらしいす」

少し角ばった怖い先輩の声。おかしな先輩は、二人の先輩でもある。

「いつもの自分がつまんなくなったとかさっき言ってましたよ」

「ああ、なるほどね、じゃあ前のヒップホップファッションの時と一緒か」

ヒップホップ、三歩の頭に一つの映像がよぎる。どうやら二人の同い年先輩コンビの頭にも同じような映像が去来したようで、中から異口同音で控えめな「あーっ」が聞こえてきた。

「あの、ヒップホップかどうか知りませんけど、三歩ちゃん確かに、ぶかぶかのキャップとパーカーで出勤してきたことありましたね、怒られてすぐ着替えてたけど」

「なんかでかいネックレスもつけてきてたんだよ。三歩を注意した覚えがある」

三歩には怖い先輩に注意された覚えがある。その時にも言ったけど、言い訳をすると、その恰好で働く気はなくてきちんと着替えは持ってきていた。

「その時も、普段の自分に飽きてーって言ってたような気がするよー」

おかしな先輩の証言。三歩自身そんなことを自分が言ったのかどうか定かではないけれど、言われてみれば自分は定期的にそんなことを思っているかもしれない。

「誰にでもあるよねー、普段の自分に疲れること」

おかしな先輩がまるで普通の大人みたいなことを言っている、と三歩はド失礼なことを思った。

「や、にしても極端すぎるでしょ」

「それはそうだねー、でもそういうとこ、ユーが三歩を可愛くて仕方ないとこでしょ？」

「可愛くて仕方ないかは知りませんけど、でもまあ、三歩っぽいっすね」

パリーンッ、と。音がした。

それがなんの音なのか、三歩には分からない。しかし三歩ははっきりとその音を聞いたのである。

同時に、薄いガラスが割れたような映像が、一瞬、三歩の視界に映る。しかしその映像はすぐさま三歩の脳内から消えてしまい、何を今見たのか、三歩は覚えていない。ただ、さっきまで普通に見えていた景色が、実は少しだけぼやけていたんだ、というような感覚を思い知る。

突然起こったいくつかの現象、三歩はそれらがなんだか分からず、きょろきょろとあたりを見回した。

「あらー、三歩ー、仕事サボって私らの裏取引を盗み聞きかー？」

ニヤニヤとしたおかしな先輩に両ほっぺを手の平で挟まれ、三歩は我に返る。すぐに頭が回らず、いや普段から回っているのかという問いはともかく、必死に「いえ、ひょんな」という答えだけを絞り出した。

二日酔いから覚めた。そんな自覚は三歩にはない。

「後であの二人のシャツにキスマークつけてやれ」

なのに、自分の中にあった熱が一つ急激に下がっていくのを三歩は感じていた。

「うふふ、悪い女になっちゃいますね」

きちんと今のこの新しい自分に見合った台詞を用意出来たのに、ドキドキしなかった。今の自分を演じることに、緊張していない。自分と、馴染んでしまう。それは演じる上では良いことのはずなんだけど、何か、心の中に、寂しさが生まれた。

長く一緒にいる恋人への気持ちが、恋から愛情に変わってしまった時の寂しさに似た感情だと、三歩は思った。そんなに長く恋人と続いたことは過去数回の恋愛の中でないけれど。

それから三歩は、優しい先輩の前ではやらないというルールは守り、他の先輩の前でちょこちょことルージュに似合った、と三歩がはき違えている台詞選びをきちんと出来た。

しかしもう二度と、あの盗み聞きの前に感じていたときめきを三歩は感じなかった。

その理由が三歩自身にはまるで分からない。

理由は分からなかったけれど、三歩は家に帰ってからもう一度、真っ赤なルージュを唇に引き直して、髪型をきちんとセットし直した。そうして職場には着ていけなかった黒いワンピースを身に着ける。

テーブルの上にスマホを良い感じの角度で固定、タイマーをセットし、唇に人差し指をあてたポーズを取って自撮りをした。

せっかくだから思い出として、そんな思いがないわけではなかったが、三歩が今日自撮りを済ませたのにはもっと違う理由があった。

何故かは分からない。しかし、もうこの自分に会うのは最後であるような気がした。自分の中にある、真っ赤な口紅の似合う大人なお姉さんになりたいという部分を、わざわざ強調して誰かに見せることはもうないような気がした。

「おはようごじゃいます」

朝から噛んだ。

「おはよー三歩ちゃん、お、いつものに戻ってるー」

へへっ、と三歩はいつもと同じ寝癖を直した程度の髪を自分で触る。

今朝、いつも通りにいやいや起きて、一応まだ出しておいた赤い口紅を塗るべきか、新しいエロい下着を身に着けるべきか考えたのだけれど、三歩は自らの判断でそれをしなかった。

「もういいの？　昨日のあれ」

昨日の三歩はもうすっかり自分の中に馴染んでしまっていた。だからもう、無理に見せる必要はない。

しかしながら、もちろんやぶさかではない。

「先輩が、お望みであればいつでも、うふふっ」

そう、いつでも。

でも、まあ、ただ、メイクや髪型がいつもの通りだから大丈夫かと一瞬思いきや、すぐに昨日の記憶がフラッシュバックしたのか「ぐふっ」と言いながら先輩がロッカールームから退場していったので、やめておこう。まさか自分の唇が凶器になるなんて罪な女。

三歩もエプロンをつけてロッカールームを出ることにする。しかし、すんでのところで三歩は踵を返し、一旦自分のロッカーに戻った。

忘れ物があったわけではない。ロッカーを開け、ポケットから、もしものことがあればと入れておいた三歩の真っ赤な願望を取り出し、鞄の中に入れる。優しい先輩殺しの犯人になりたくなくなった、わけではない。

三歩は酔っぱらっていた自覚がない。だからもちろん二日酔いから覚めたことにも気がついていない。

しかしながら、昨日の自分がいつもとは違う価値基準で生きていたことは分かっていた。おかしかったことには感づいていた。

三歩はその自分を馬鹿にしたくない。昨日本気だった自分を恥ずかしいと思いたくない。その証明として、相棒のつもりでポケットに入れていたのだけれど、必要ないかと思い直したのだ。

優しい先輩に昨日の話をふられてまるで恥ずかしいと思わなかった。

いつでもなれる、けれどやめておこうとも思える。そういうフラットな状態の自分がきちんと昨日の自分を見てあげられていると気がついた。

人から見て分からなくても、物として存在しなくても、ちゃんと昨日の自分を連れて行ける。三歩はそんな自分が嬉しくなって、いつもの通りの笑みを一人で浮かべ、ロッカーを閉めた。

麦本三歩はファンサービスが好き

麦本三歩はのぼせやすい。だから温泉に入った時には同グループ内で一番にお湯から出て体を拭き着替え、待合所があればそこで悠々とフルーツ牛乳を飲む。つめてーうめーやべーと最後の一滴まで飲み干せば大体それくらいの時間には、友人や家族が待合所に現れ、三歩のあまりの幸せそうな表情に「いいな、私も飲もう」と言って売店でフルーツ牛乳を買うケースがままある。

今日も浴衣姿で待合所のソファに座り、三歩が一人でうめーやべーしていると、まもなく同行者である友人が浴衣姿で現れた。彼女もまた三歩の飲み姿に触発されたのか、三歩に声をかけるその前に自動販売機でフルーツ牛乳を買い、キャップを外してこくり。

彼女のなんでもない所作の一つ一つに、周りにいた人々が何かと反応するのを感じるまでもなく知っている三歩は、そうだろうそうだろうと、鼻高々。

「久しぶりに飲むと美味しいねぇっ」

彼女が横に座ると、しっとりとしたうなじが三歩の目の前に現れた。お団子にまとめられた髪の生え際から汗が一滴うなじに落ちてきて、三歩はそれを肴に一杯やろうと瓶を傾けるも、中身が残っていなかった。

「どうしたの？　三歩」

「いや、入浴前、入浴中、入浴後と、美人の状態変化を見られて眼福だよ」

「おっさんっ」

友人は三歩の肩をてしっと叩いて、フルーツ牛乳を飲み干し、立ち上がる。三歩も一緒に立ち上がり、二人仲良くフルーツ牛乳の瓶を自販機横のケースに返す。

「ねえ三歩、夕飯前にコンビニに買い出しに行く？」

「おー、行こ行こ。スリッパで出ていいのかな？」

「フロントで下駄貸してくれるって言ってた気がする。訊いてみよー」

ひっぱっていってくれる麗しき友人と、ほかほか三歩はとても満たされた心境で待合所を後にする。

懸賞応募が趣味の母と電話していた時に、「温泉のペア宿泊券当たったんだけどいる？」と言われたことが今回の温泉旅行の始まりだった。

はじめは三歩も「えー、せっかくお母さんが当てたんだし、行ったらいいじゃん」と遠慮していたのだけれど、どうも券を使える宿が両親の住む実家からは少々遠いということに加え、母が「私、当たったらそれで満足なの」と言い出したので、それならいいかとありがたく受け取ることにした。電話の最後は「こないだ言ってた彼氏と行っ」あたりまで聞こえたところで間違えて切ってしまったてへぺろ。

さあ一体誰を誘ったものか、と迷ったふりをしたが、三歩にはいくつかの選択肢しか残されていなかった。

その一、友達の誰かを誘う。その二、職場の誰かを誘う。その三、ペアなのに一人で行く。

その三は宿泊券なんてなくても勝手にやればいい話だし、その二はいきなりペアって緊張するし人によっては食べられる可能性もある。ここはやはり友人達の中の誰かを誘ってみることに決めた。

とはいえ、三歩が二人きりの旅行に誘えるレベルに仲のいい友人で、同じ部屋に泊まることになるので女性であった方がよかろうという条件に当てはまるのは二人しかいなかった。

どっちを誘ってみるか考え、実は最初に声をかけたのは、件の麗しい友人ではなかったのだ。その理由は彼女の職業、その伝え聞く忙しさにあった。

もちろん相手が忙しいからと言って疎遠を決め込む三歩ではないけれど、断らなければならない辛さも想像する三歩は、やはり先に行けそうな方を誘ってみようと思ったのだ。

しかし。

『ごっめーん！　ちょっと来月まで納期が立て込んでて、待たせちゃあれだから先に他の人あたってみてー！　誰もいなかったらまた誘って！　って、あれ？　あんた普通に、予定合わせて彼氏と行けばいいんじゃな』

てへぺろ。

ということだったので、忙しいだろうなとは思いつつ、麗しき友人に電話をかけてみた。すると運良く、ちょうど近々どこかで休みを取ろうと思っていたとのことで、めでたく三歩は一緒に温泉宿に行く仲間をゲットした。先に電話をかけた友人には、誰と行くことになったのかと、突然電話を切った事情をちゃんとメールで説明し、その事情とやらについて黙っていたことを謝った。

確かに口止めはしなかったのだけれど、いつの間にか色んな話が友人間で伝わっていて、麗しき友人も何故だか今回の旅行は三歩の傷ついた心を癒す旅行だと思っていた。

あれ私の個人情報の取り扱いってどうなってました？　と例の事情を説明しながら三歩は首を傾げたけれど、温泉旅館で仲の良い友達と二人、とっておきの料理を目の前にすれば気にするようなことではない。

「うっわー、すごーい、え、これ何、んー、何か分かんないけど美味いっ」

早々にアルコールも一口いった三歩がはしゃぐのとは対照的に、目の前の美人はにこにことしながら三歩が食べた何かよく分からないものを静かに一口。

「あ、美味しい、テリーヌだね、和食で出てくるのは珍しいかも」

よどみなく、その何かよく分からないものの正体を言い当てる友人を、三歩はいやらしい顔でまじまじと見る。

「舌がこえてらっしゃいますねー、へへへ」

「まあ、舌だけはこえさせてもらってますね、えへへ」

遠慮や謙遜なんてする仲ではない三歩と彼女は笑い合って同時にビールをくぴり。美味い。なんかグラスが薄い。

「そういうのって、パーティとか行って覚えたりするの？　最近も行ってる？」

「んー、最近はあんまり、賞って基本的に担当してる人が関係ないと行く必要ないんだよね。あ、直木賞は夏に先輩についてったけど」

「へー、人生で一回くらい見てみたいかも」

「別に楽しいもんじゃないけどねー、魔物達の集会みたい」

美しい顔が作る苦笑に、彼女の何らかの苦労が見て取れる。じゃあ別にいいや。魔物なんて言われる存在になることはちょっと憧れるが。きっと集会場はこんな笑い方で溢れてるんだろう、いーひひ。

魔物の笑い声を聞いたことのない三歩が妄想している間に、今の会話で隣の席のご婦人達も、興味があればひょっとすると気がついたかもしれない。三歩の友人である、彼女の職業。

「そういえば、先生はお元気？」

先生、その曖昧な単語一つで誰のことを指しているのか、友人はすぐに感づいてくれる。そしてかなり演出的なぴりつく表情を作ってくれると分かっている三歩は、こちらも意地悪な顔を作って、今からその話題にいくぞという姿勢を示す。美人は、強(こわ)張(ば)った顔も美しい。

「小楠(おぐす)先生は大変お元気であられますよ。こないだも喧嘩したし」

「小説家と喧嘩出来るのすごいよね」

「するんだから仕方ない」

「仕方ないか」

「そそ」

わざとむすっとした顔を作って、麗しき友人はテーブルに到着したばかりのお刺身をぱくりといく。表情が半分、演技ではないところも味がある。

「誰か天才との付き合い方を教えてくれー」

「分かりませーん」

「私もっ」

ピンポンを押し、追加で日本酒を注文する彼女、ストレスによって酒量が増えたわけじゃなく大学時代からこうだった。三歩は安心して自分のペースでアルコールを摂取する。

三歩は友人の仕事の話を聞くのが好きだ。自分が知らない世界の話が好きだし、そこで生きている友人の話を聞き想像すると、まるで物語を読んでいるような気分になってくる。

中でも、三歩は目の前の彼女が一緒に仕事をしている件の先生の話がとても好きだった。彼女が言ったように、天才。天才というのは三歩や麗しき友人が勝手に言っているわけではない。様々な場所で先生は実際にそう呼ばれ、その呼称に恥じない実績を誇っている。しかもなんと、三歩達と同い年なのだ。

三歩も先生の作品は読んでいたから、友人が先輩とのセットとはいえ担当についたという話を聞いた時にはとても驚いた。作品も面白いけれど、先生の人となり、そして美しい友達との関係性は聞いていていて飽きない。

「やっぱ、私達、同い年で同性ってのも衝突が生まれる一つの要因だと思うんだよね」

「前から言ってるね、仲良くなれそうだけどなー」

「仲良く出来るって部分もあるけど、そうじゃない部分もあるよー。意地になっちゃうんだよね、お互い。三歩は前言ってた怖いお姉さんとは上手くやってんの？」

いきなり話題がこちらに飛んできた、と三歩は思ったけれど、そりゃあ二人きりなのだから互いの話になるだろう。三歩は、ここ最近の職場での人間関係に思いを馳せる。

「前に家に遊びに行ったよ、ご飯作ってもらった」

「おー、進展してんね。付き合ったら？」

お猪口(ちょこ)を傾ける美人がによによしている。

「残念ながらもう彼氏がいるみたいなんだー。ところで韻踏んだ？」

「え？　何が？」

進展、と、してん、で踏んだのかと思ったという話をしながら、三歩は二つ来ていたお猪口の一つを手に取り日本酒をいただこうとする。と、美人がお酌をしてくれた。

うぇへへ。

美味しいご飯が次々に運ばれてきて、お酒も進む。三歩が一番気に入ったのは天ぷら、カラッとあがったキノコが絶品。それを食べ終わる頃には三歩はわりとへろへろだったのだけれど、目の前の美人はぴしりと背筋を伸ばし優雅に食事を楽しんでいる様子だった。

最後に出てきたフルーツもぺろり食べ終える頃、既に顔が真っ赤な三歩に対し、友人は少し頬を赤くした程度、まるでだらしなく変わる様子がない。三歩はその様子を見て「飲んで更に可愛くなるのずるいっ」と友人にダル絡みしながら仲良く二人で部屋へと帰った。

二度、廊下の壁に肩をぶつけながら、十畳の和室に戻ると、真ん中に置いてあったはずのテーブルは広縁の方へと寄せられており、ふかふかのお布団が並べられていた。三歩は勢いよくそのうちの片方にダイブする。して、勢いよく肘を畳にぶつけてしまい悶絶。折れたー絶対折れたーとのたまっていると、後ろから、笑い声が聞こえてきたので、そっちをわざわざじとっと見ながら、彼女用の布団を自分の布団にひっつくようにひっぱってやった。うぇへへ。

「さー、飲み直しだー」

お布団の冷たさを三歩が全身で味わっているすきに、友人の声と、冷蔵庫を開ける音と、カシュッという気持ちのいい音が聞こえてきた。三歩は布団に押し付けていた顔面を上に向けて、広縁に置かれた椅子に座る友人を見る。

「私はちょっと休憩するー」

「うん、寝ててもいいよ、どうせまた起きるでしょ」

「また起きるー」

寝る宣言をしてしまったものの、せっかくの温泉旅行、出来る限り楽しみ尽くしたい。ということで、一度立ち上がってトイレに行き、夕飯前に買っておいた水をがぶ飲みしておやつのチョコボールを二粒食べた。気付けのつもりで気休めだったのだけれど、布団に寝転がってスマホをいじっていると、少しずつだが回復してくる自分を感じた。

窓の方に目をやると、夜空に浮かぶ三日月を見上げながら美人が浴衣で酒を飲んでいた。なんと絵になる。思わず、カシャリと写真を撮る。

こっちを振り向いた麗しき友人に、ひょっとしたらたしなめられるかとも思ったのだけれど、彼女は赤い頬が存分に映える笑顔を作りピースをしてくれた。流石は美人、ファンサービスも抜かりない。

カシャーカシャー、と何枚も撮っていると流石に被写体を飽きさせてしまったようで、彼女は缶ハイボールに口をつけた。その唇を三歩はズームする。うぇへへ。

スマホの中におさめたばかりの写真を見返すと、美人の奥に写っている三日月もとても綺麗だった。三歩はふと思いついたことを実行する為に、体を起こす。ふらつく感覚はもうあんまりなさそうだと思って膝を立てた直後、体の中の力が上手く足に伝わらなかったのだろう、布団で滑って横にごろんとこけた。笑われながら気を取り直して起き上がり、冷蔵庫の中に入れておいたアイスカフェオレを取り出す。冷えた缶をお手玉しながら友人と向かい合う空席に向かって歩く、その途中で、部屋の電気を消した。本当なら月明かりに照らされた室内でしっとりと大人の時間を開始する手はず、だったのだけれど、今日の三日月に三歩の足元をきちんと照らす力はなかった。突然想像よりもずっと真っ暗になった室内で、三歩は慌てて布団に足をとられまたごろんと横にこけた。布団がふかふかでよかった。

肘をさすりながら手に持っていたスマホでライトをつけ慎重に立ち上がる。缶を拾ってから広縁についたオレンジ色の控えめな電灯をつけた。

「うん、でも、こけた瞬間、先輩の声が聞こえた、順序をちゃんと考えろっつってんだろって、やな気分になった」

「あはは、一回会ってみたいなー」

彼女は椅子と椅子の間に置かれた低いテーブルに、持っていた缶ビールを置く。いつの間に二缶目。

「ダメダメ、あの人オーディエンスがいると張り切って私を怒ってる気がするんだよね」

「へー、見せつけてるんだね」

「見せしめてるんじゃなくて？」

「見せつけてるんだと思うよ」

先輩達からもたまにそんなことを言われるが、三歩には未だよく分からん。

「あー、そいえば、小楠先生が、いつか三歩に会ってみたいって言ってた」

「な、へ、マジで？」

いきなりの有名人からのご指名があったことに三歩は驚く。会いたいというのならこっちこそ会ってみたい、と一瞬思ったけれど実はそうでもない。担当している彼女の話から考えるに、とても自分が太刀打ち出来る御仁だとは思えない。

「な、なんで私のことなんか」

「こないだね、いや悪気はないと思うんだけどくそ失礼なんだけど、あなたってお友達いるの？　って訊かれて」

「お、おう」

「お酒飲んでたのもあって、ペラペラと三歩のことたくさん喋っちゃったの」

「お、おう」

「嫌だったらごめんね。私の妄想の友人でしたって言っとくよ」

「嫌じゃないよ」

嫌であるわけがない、大好きな友人が友達はいるのかと訊かれた時の答えが自分だった、こんなに誉れ高いことはめったにない。更には、友人の紹介により私のことを知った相手が会ってみたいと思ってくれたなんて、さぞ可愛らしく、もしくは面白おかしく話してくれたのだろう。嫌という感情は起こりようがない。

「あ、でも、妄想の友達ですって伝えたら先生がどんな反応するのかは知りたいからやってきて」

「多分普通に、そんなことだろうと思っていたわ、って言われるよ。あとは、物語になりそうね、って付け加えてくれそう」

　この友人が先生の声色まで真似をしながら喋り出すと、酔ってきた合図だ。実際に会ったことがないから似ているのかどうかは分からないけれど、まるで天狗やドラゴンをその身にうつす人と喋っている気分になって楽しい。

「ああ、でも彼女に悪気はないんだよ全然。そういう人なの。なんていうか、うん、腹立つことめっちゃあるけどねっ、悪い人じゃないんだよ」

「うん、どっちも伝わってるよ」

「お嬢様みたいな喋り方とかも含め、無意識のファンサなんだよね、多分」

「ファンサ?」

「そう、ファンサービス。自分が天才であるって分かってる部分と、自分は何者でもないって部分があの人の中にあるんだけど、彼女は自分を好きな人達に天才である自分をちゃんと見せようとしてるんだと思うんだよ。心のずっと深い部分に、自分が天才だったら皆が嬉しいって、サービス精神があるの。でもそこにたまに棘が生まれてさ、その対処をするのは、彼女の人の部分だったりして、ちゃんと傷ついてる。難しい生き物だよね」

難しい、彼女の言っていること自体も。だけれど、酒の所為でいつも以上に頭の回らない三歩にも、この美しい友人がその先生の話をしてくれる度にいつもいつも、分かることがある。

「全部含めて大好きってことでいいんだよね」

「そう言われると、素直に認めたくはないなー」

眉尻を下げて笑う彼女の顔がこれまた美しくて、三歩は慌ててスマホを構えようとしたけれど、パスコードをうちこんでいるうちに彼女はその顔をやめてしまっていた。ちぃ。

満足いくまで与えないっていうのもまた、ファンサには必要なのかもしれない。

酒に弱い方が先に眠りに落ちるとは限らない。三歩も意外だったけれど、先に眠ってしまったのは麗しい友人の方だった。あれからまた結構飲んで、三歩がトッポをカリカリしている間に、「ちょっと一回休憩、寝る、ごめん」とへろへろの口調で宣言し、彼女は布団に飛び込んだ。

本人としては復活してもう一度飲み始める気満々だったのかもしれないが、横になった彼女に三歩がちゃんと布団をかけてあげたので、恐らく朝まで起きることはないだろう。すーすー、という寝息まで美人な彼女の寝顔を撮影するのは、流石にファンとか友達とかを飛び越え、ただの変態の領域に入ってしまう気がするのでやめておく。やったことあるけど。

三歩は一人、椅子に座って温かい緑茶を飲む。猛烈に眠かった時間がついさっきあったのに、酔いが覚めると目が冴えるっていうのはよくあることだ。

傾いた三日月を見ながら三歩は、ぐっすりと眠っている友達のことを考えていた。過去のことを月に映す。

と言っても、大学で友達になったきっかけも瞬間も、実はほとんど覚えていない。何かの授業で話して、遊ぶようになって、卒業してからも職場が遠くならず未だに友人関係を続けている。そんな尊い事実だけが三歩達の間にはある。

基本的には、他の友人達ともそうであるように、曖昧な記憶ばかり、覚えていてもどうでもいいことがほとんど、なのだけれど、一つ、その中でも特別な記憶があって、三歩は彼女との思い出を振り返る時、必ずそのことを思い出す。

自分が、彼女のファンであると思った瞬間のことだ。

友人関係であると共に、一人のファン。三歩はその瞬間まで、ファンになるという気持ちはよく知らない人にだけ向けられるもので、もっと言ってしまえば自分が人だと認識していないような相手にしか向けないものであると思っていた。例えば、歌手とか、俳優とか、小説家とか、ちょっと飛び出してもラジオＤＪくらい。

ところが、三歩は友人のファンになった。しかも徐々にその気持ちが膨らんでいったわけではなく、ある時、ある瞬間、心を撃ち抜かれたのだ。

出会った時から美人だとは思っていた。それが自分の中だけの感覚ではなく、一般的な評価であることも彼女と一緒にいると分かった。三歩がファンになった理由は、友人の美しい容姿、のみではないが、関係ないわけではない。

ある時、学科の男の子達が、バイトや企業の採用不採用にも容姿が関係あるらしいという話をしていた。そこにたまたま三歩達も居合わせて、調子のいい誰かが恐らくは照れと好意と心からの褒め言葉で、三歩の麗しき友人のことを「そういうのに苦労しなそう」と言った。

失礼だとも受け取れるその言葉への、彼女の返事が、三歩の心を撃ち抜いた。

「そうだったらいいな、私、自分の顔を武器だと思ってるから」

かあっこいいいいいいいいいい、と思った。

馬鹿みたいだけれど、ファンであるという気持ちそのものに、説明なんてない。三歩は、友人である彼女に、見事に落とされた。

その時のことを思うとなんだかにやついてしまう。嬉しいのだ何故か。

三歩は、眠っている友達の顔を見る。薄い唇と大きな目が今は閉じられて、かすかに動いている。

綺麗だ。それを武器だと言う彼女は本当にかっこいい。

けど、友達でもある三歩は、彼女がその顔で良い思いばかりしてきたわけではないことを知っている。持つ者がただ得をする者なわけではなくて、大きな荷物を持って歩かなければならないんだということを、彼女と友達であるからこそ知ることが出来た。

嫌な思いをしているんじゃないだろうかと心配になったことが、自分が一緒にいた時だけでも何度となくあった。

　以前に聞いた話では、高校時代にいじめに遭っていたそうなのだけれど、三歩が詳細を聞いて思うに、きっとそれは彼女の外見が無関係ではなかった。

　彼女の外見に惹かれて寄ってきたどこぞの虫が、彼女と仲良くなったはいいものの結果的に泣かせたと知って、三歩が本気で闇討ちしようかと思う夜もあった。

　自分は生涯同じ重さを体験出来ないだろうと三歩が思っている、友人が生まれながらに持たされてしまった大きな荷物。

　その荷物への恨み言を決して三歩の麗しき友人は言わない。自分の外見は武器だと胸を張り、傷つきながら戦っている、三歩はそれを知っている。

　あーそうかそうか、なるほど。

　そこで、ブーーーン、と、寝息しか存在しなかった室内に、なかなか大きな音が鳴り響いた。三歩のお尻が一瞬、宙に浮く。

　うわーっびっくりしたーっと心臓の高鳴りを感じながらも、まずは部屋の方に目をやった。よかった、どうやら起こしてはいないようだ。

　次に、音のした方を見る。音をたてたのは、テーブルの上のスマホだ。気持ち良さそうに寝ている彼女のもの。つい、その画面を見てしまった。悪気があったわけではない。ついだ。

メールが来ていた。そこに記された名前に、また三歩はドキリとする。

例の先生だ。

そこにいるわけではないし、世界がどこでもドアで繋がっているわけでもない、しかし三歩は緊張してしまう。

何せ三歩は今まさに、友達と、先生の関係について考えを巡らせていたのだから。

ひとまずこのドキドキを追い払おう、寝れなくなる、と思って三歩は温かいお茶に手を伸ばす。しかし、中指が湯呑に触れたところで三歩はその手を止め、両膝の上へとのせた。そうして背筋を伸ばした。

それから、決して寝ている友達を起こさないように、声を潜めて、スマホに語り掛けた。

「先生」

もちろん、返事なんてあるわけがない。三歩はそれでよかった。

「あのですね、この子は、あなたのことが大好きなんです。喧嘩もするし、イラッとすることもお互いにあるかも。でも、先生もこの子のことが大好きになると思います。天才と呼ばれるあなたはきっと、私が全部は共感してあげられない、この子の心の、かけらみたいなものを理解してあげられる人です。だからどうか、この子のこと、よろしくお願いします。この子の、親友からのお願いです」

酒を飲んでいなければ、こんなことはしなかったかもしれない。でも飲んでこんなことをしてしまってもいいじゃないかと、三歩はふわり思った。

三歩は画面が消えたスマホに向かって一人、ぺこりと頭を下げた。

「朝風呂気持ちぃー」

「帰りたくなーい」

酒は抜け、早朝の露天風呂に体の力も全て抜き取られた二人は、へろへろでうだうだとやっていた。運が良く晴天、秋の青空の下で入る風呂がとにかく気持ちいい。

女子二人で朝一の温泉タイム、三歩の人生が映画や漫画だったのなら、サービスシーンの一つでも挟み込まれたのかもしれないけれど、二人には視聴者を意識する気も必要もない。ただだらけた顔で空を見上げ、会話も少なくこの時間を共有することに終始する。たまにつく溜息に、快楽と諦念が混じる。失望ではないのが自分が大人になった証拠だと三歩は思う。

しかしそれは、自分にまだ今日一日の休みがあるからかもしれない。横の彼女は今日の夜にはもう仕事上の会食があるらしい。それなのに絶望的な顔をしていないのを尊敬する。

美味しいご飯を食べられるのは羨ましいが、特別な食事は二日連続じゃなくてもいい。それに朝から温泉に入ったこんな日に心を仕事モードにしなくちゃいけないなんて、そんなこと出来るのかと心配になる。

心配しているうちに、三歩の全身がかっかとしてきた。朝だからといって気持ちが良いからといって、のぼせやすいことに変わりはない。やはり先に浴場から出て待合所で彼女を待つ。朝だから今日は普通牛乳。子どもの頃、三歩は身長が二メートルくらいにまで伸びたらいいのにと思っていた。今なら実際にそれほど背の高い人には高い人なりの大変なことがあるだろうと分かるし、もう自分がそれほどに背が伸びることはないと分かるが、それでもまだ少し自分の成長を期待して牛乳を飲んでしまうのは、いわば夢の名残だ。

はっ、フルーツ牛乳と普通牛乳って、踏んでる。三歩がいつか使おうと頭の中のメモ帳に書き残していると、湯上がりの美人がちょっと遅れて登場、今日は三歩につられなかったようで、彼女は無料の水だけを飲んで、二人でそのまま朝食会場へ向かうことにした。

旅館の朝食は世界で一番美味い。世界のどこで食べるものと食べ比べても最強という意味ではない。三歩にそんな見識はない。そうではなく、世界中の今朝食を食べている人間達の中にどれだけ、百点！　と思っている人がいるかは知らないが、自分もそう思っている一人だと確信出来る、そういう意味である。白米、味噌汁、湯豆腐、鯵（あじ）の干物。百点満点。家でも作れるとかそういうツッコミをしてくる人がいるかもしれない。野暮っていうのはそういうことだと、三歩は思う。

朝食後に浴衣で布団に寝そべる瞬間もまた最高に幸福。しかしながらこちらは大きな切なさを感じる瞬間でもある。

やだよー、君と別れたくないよー、私のお布団。もちろん三歩のものではなく旅館のものなので、いつかは別れなくてはならない。三歩は本格的に再度の眠気が襲ってくる前に起き上がり、友人に少し遅れて自分の顔にぺたぺたお絵かきをする時間に入る。

家に帰るだけの三歩、化粧をいつもより更に本腰を入れずすぐに終わらせた。余った時間で美女の顔が着飾られていくのを観察しようかとも思ったけど、気を散らせてしまい作品に少しでも雑念が入ってしまったらコトなので、三歩はテレビをつけてニュース番組を見ることにした。

大人しく待っていると、友人の武器のビルドアップも完了。あまりがっつくのもファンとして少し恥ずかしいと思いつつ、さりげなくチラ見すると、素材の美味しさをそのままに見事な味付けが施された美人がそこにいた。三歩は思わず、可愛いよっ！素敵だよっ！　とコールを投げかけてしまった。麗しき友人は苦笑するでも、変に恥ずかしがるでもなく、イエイとピースを向けてくれる。ひゅーひゅー！

悲しいことに、こんなに楽しい時間にもやがて終わりが近づく。チェックアウト二十分前、二人は広縁の椅子に座り、最後の一服をすることにした。タバコでも酒でもなく、緑茶でのまったり一服。

「朝から仕事の電話大変だねー」

三歩は先ほど早速仕事モードの電話をしていた友人をねぎらう。

「んーん、小楠先生から、今日の夜の集合時間何時だったかの確認だけだったから全然」

「あ、今日の約束の相手、先生なんだ。天才でも、時間忘れたりするんだね、なんか安心する」

「寝る前のひらめきみたいなもので、思い描いた事実だけ覚えてるのにメモがどこにもないことってあるわねって、言い訳してた」

「ああ、人生において」

「そ」

そっけない返事と微笑みに、愛が内包されているんだと思う。

「三歩、ほんとに温泉誘ってくれてありがと、すんごいリフレッシュ出来た」

「いやいや、お母さんが当てただけだから。でも私も楽しかったありがとう。欲を言えばもっと何泊もしたいなー、お互い難しいかもしれないけど。一泊じゃ足りないよー。すぐ日常が来ちゃう」

「そうだねー、休み合わせて今度はもっとだらだらしたいなー」

三歩は今日の夜から仕事である彼女のことがまた、心配になる。

「ほんと無理しないで休んでね、私が許すから、なんの権限もないんだけど」

「えー、三歩が言うなら休んじゃおっかなー」

本当に休みかねないと思わせるキラキラとした顔を向けられて、一瞬なんの権限もない三歩は、マジで？　と思ったけど、いや私が責任を取ろうと無責任な覚悟を決めた直後、美しき友人は首を小さく横に振った。

「心配してくれてありがとう。でも、大丈夫だよ、温泉でパワー充電したし、それに」

その笑顔が、昨日から見てきた笑顔の中で一番のものだったから、当然、三歩は見とれた。

「三歩のファンサでめっちゃ元気になったから」

「え、えー、うぇー、何もしてないよー、ってか私のファンなのー、恥ずかしいよ、嬉しいよー」

「ファンだよ」

その一言で、やばい少なくとも一週間は心のエネルギーが満タンの状態で頑張れる、と三歩は確信した。人生とはそんなに甘いものでもないから、怒られたり失敗したり思わぬことがあったりで、ずっと誰かの言葉を糧に生きていけるわけではない。少しずつ嬉しさはすり減っていって、いつかエネルギーがなくなってしまうかもしれない。その時、好きな友達に会いたくなる。自分がファンである人に会いたくなる。互いに、そのエネルギーがなくなってしまう前に、近いうちにまた会おう。自分が、彼女の心のエネルギーを少しでも貯めてあげられるのだったら、と、三歩はもう次に彼女に会う日のことが、楽しみで仕方がなくなった。

しかしながら、一体自分はなんのファンサを彼女にしてあげられただろうか、一緒にいるだけでファンサとか？　やだなー、もー、照れるなー。

なんて、チェックアウトしてから電車に乗り、途中で大好きな友人と別れ、家に帰ってからもでれでれしながらそんなことを考えていたのだけれど、後に彼女から来たメールを見て、三歩は真相を知った。

『本当にありがとう！　三歩も体に気をつけて、親友からのお願い。』

読んで、最初は喜び以外には何も思わなかった。しかし数秒して、最後の一言の意味に気がついた三歩は、自分の顔が一気に真っ赤になるのを感じた。温泉に入った時よりも、酒を飲んだ時よりも。

ああ、そう、いや、いいよ、いいんだ、いいんだけどさ、どうせならもうちょっときちんと告白させてほしかったな。

昨日からずっと友人の労を心配していた心根の良い三歩のはずだった。

しかし最後の最後で、先生寝たふりをするあの子を懲らしめてやってください、と、ちょっとだけ思った。

麦本三歩はモントレーが好き

　麦本三歩は夢を持っている。ありふれていて、それでいて大それた、決してくだらなくない夢。麦本三歩に生まれてよかったと、生きている間に出来る限り多く思いたい。そして死ぬ間際に、幸せだったと感じたい。自分の一生が物語であったなら、めでたしめでたしでしめたい。素晴らしきエンディング、妥協なき着地点に向かう為、三歩は日々努力を怠らない。具体的には毎日ふと「幸せになりたーい」と呟く程度ではあるが、毎日夢を思い描くことに余念がない。加えて、たまにはどうすれば自分は幸せになれるのか、寝る前に布団の中で考えたり、湯船の中で考えたりすらするのである。いや大したことじゃないです日常的にやっていることなので、と三歩に訊けばまるでハードトレーニングを行うアスリートのような謙遜をするだろう。謙遜という言葉の意味から問いたくなるのはともかくとして、三歩はきちんと己が道程に思いを馳せる。なんとかなるさ、なんて少なくとも表面的には思っていないのだ。表面的には。

将来設計なども、諸々考えていることはあるが、ひとまずは現在の職場で図書館員として知識と技術を磨きレベルアップをはかる。そして今の先輩達のポジションにつき、この図書館で成りあがるのだ。

そんなことを、面談で閲覧スタッフリーダーに伝えると、笑顔で「じゃあ麦本さんは来年度もここでの勤務継続を希望ということで大丈夫ですか？」と大人の確認をされた。「はいっ」と、我ながらとても良い返事を三歩はした。

したんだけど、まあ将来の夢とか野望とか成りあがるとかやりがいとか、それらのことはひとまず置いておいて、今、三歩は喫茶店のツルツル壁に映る自分の顔を見ながらぼんやりとホットドッグをくわえている。うめぇ、至極、うめぇ。この美味さは三歩の空腹や、この喫茶店がきちんとホットドッグの具材を吟味していることにも由来しているが、だけではない。ほんの少し、罪悪感からの苦みがアクセントとして、ホットドッグの味に奥行きを与えているのである。

三歩が現在抱いている罪悪感の正体、それをもったいぶっても仕方がない。他の動物の命を食し、生きていること、なんて壮大なものでは一切ない。もっとリアルで、現行犯的なものだ。

寒い外気から逃げるように入ってきた喫茶店で、優雅にホットティーとホットドッグを楽しみながらぬくぬくしているこの三歩、実は現在進行形でサボっているのである。何をって、仕事を。

ちゃんと起きたのだ、ちゃんと服を着たし、ちゃんと家も出た。でも、そこからいつもの駅まで歩き、改札を通って、電車を待つ列に並んだところで、三歩は自分の心と真摯に向き合った。そして一つの結論を得た。

あー行きたくね。

流石に三歩も大人なのだから、そうは思っても毎日毎日根性や惰性や打算を使って出勤するのだけれど、今日ばかりは行きたくなさがいつもの比ではなかった。

それでもちゃんと電車には乗った。しかし、褒めてー誰か褒めてーなんてぼんやりと考えたまま、ぼんやり、降りるべき駅を通り過ぎ、ぼんやり何個も先の見覚えがない駅で降りてしまったのである。やっちまったー！　と、一秒後に慌てる自分を想像した三歩だったが、十秒経ってもそうはならなかった。心の中になにやら変な覚悟が生まれ、気づけば職場に電話をし、鼻を摘まみ伝えた、がぜびぎばじだ。

やってしまったー！　と三歩はならなかった。ばれたら指導係の姉貴にしばかれるだろうと恐怖を覚えながらも、やってやったぜふひひとアウトローに前向きな気持ちで柔らかく高揚していた。

さーてサボっちまったというのに、大人しく家に帰るのももったいないなー。降りてしまった知らない駅の周りを探索してもよかったのだけれど、今日は仕事の後に街に出て、大きな本屋さんに行こうと思っていたのだ。その目的をひとまず達成しようと三歩は目論む。都合良く来た電車に乗り込もうとすると、さっきまではただの箱に見えていた電車が、危険な任務を与えられた自分を運んでくれる護送車に見えた。先頭車両から顔を出した車掌さんに小さく敬礼。頼んだぜっ。

覚悟は決めた。とはいえ、出勤時にいつも降りる駅で電車が止まった時にはそれなりに緊張した。今降りれば少しの遅刻で済まされるのでは？　あ、いや、風邪ひいたって嘘ついてる、それでなんともなさそうに出勤するとどうなる、ずっと鼻を摘まんでいるわけにもいかないし。わたわた右足をドアに向けて出したりひっこめたりしているうちに、運命の扉は閉まってしまい、三歩は再度覚悟を決めた。サボったという実感がより現実的になったため、先ほどよりも消極的な覚悟ではあったが。

　その覚悟にカロリーを持っていかれたのか、目的の駅に着いた時点で三歩は疲れ、本屋に寄る前にひとまず休憩をすることにした。駅前の賑やかな場所にある喫茶店に入り、温かい紅茶と、ついついホットドッグも頼んでしまった。そして、満たされた今である。

　ミルクと砂糖をたっぷり入れたホットティーをしゅるしゅるすする。ストレートティーも好きだけど、寒いと甘い方に流れてしまう。寒さの為か、店内に人が多く、壁際に座る三歩の隣には、何やら仕事の話をするサラリーマンが二人座っている。私の代わりにお仕事頑張ってくだせぇと思いつつ、喉にひっかかった罪悪感をあったかいお茶で流し込むしゅるるるる。

　ようしこれで飲み込めたはずと席を立ち、トイレに行って帰ってくる。あったかい店内とお茶とホットドッグでだいぶＨＰを回復出来たと感じた三歩は、瀕死状態の人が来店した時の為に席を空けてあげることにした。英雄気取りで立ち上がるとコートのすそがカップの持ち手にひっかかり、あわや食器弁償の大惨事になりかけるもすんでのところで回避。ひええ、やっべー。しかしそこは常日頃からこういったミスを繰り返してきた三歩、何事もなかったかのように店員さん達になんでもありませんよの顔をして店を出た。あまつさえ背中に店員さん達からのお礼さえ受け取った。

　外はやはり寒い。首を縮めながら歩くこと、歩道を彩る四角いブロック五つ分、ホットティーで飲み込んだはずの罪悪感がまだひっかかっていることにふいっと気がついた。三歩はエフンと咳払いをする。もちろん本当に喉にひっかかっているわけではないから意味はない。

　二度覚悟を決めたはずだったのに、三歩は未だ仕事をサボったことに対するもにゃもにゃを捨てきれないでいる。普通ならもやもや、しかし三歩はこのもやもやに少し粘着質なものを感じているからもにゃもにゃ。思えばさっきティーカップを落としそうになったのも天罰かもしれないと余計なことまで考え始める。いつも自分が同じようなミスをしているからこそ身につけた、何もしてませんよ顔のことは棚に上げて。

　サボってしまったものはもう今更どうにもならないのだからと、頭では考え、折り合いのつかない心も無理矢理に鶴の形に折ってしまって、三歩は当初の目的通り本屋さんへと向かった。

　三歩は大きな本屋さんが好きだ。自分の家から徒歩圏内にあるこぢんまりとした町の本屋さんも好き、でも都会にしかない大きな大きな本屋さんも好きなのだ。ワンフロアをいっぱいに使って本棚を並べてあるその場所。こんなにもたくさんの本があるなんて、私はここにある本のきっと半分も読み終わらずに死ぬのだと絶望を覚えた自分は、十年ほど前に置き去りにしてきた。今は、知らない本がこれだけたくさんあるということが、世界は自分だけの目線で見られているものじゃないという証明である気がして、三歩の心を支えている。

しかし本棚は罪悪感を払拭してくれるわけではない。

本に囲まれれば大丈夫かと思ったのだけれども、そんなこともなく、時間が経つごとに、罪悪感は姿を大きくしていく。

さっきから抱えているやっかいなこれ、実は一生懸命働いている先輩達に嘘をついてサボってしまった罪悪感、ではないのだ。そうではなく、そんなことをしてしまった自分にひいている自分への罪悪感。こっちの方が実はやっかいで、このタイプの罪悪感は自分だけを集中攻撃してくる。ついにはお腹が痛くなってきた気がする。三歩はいつも本に囲まれて働いてるんだから、本屋でトイレに行きたくなるとかいうジンクスのあれではないはずだ。うえぇ。

こりゃ駄目だ。帰ろう。さっさと本を買って帰ろう。そして病人らしくしてよう。嘘だけど。

しおらしくそう思う一方で、しかしせっかくサボったのだからサボった意味のあることをしなくてはという妙な責任感が三歩の中に生まれてもいた。意味あることをすれば、これの為に休んだのだと胸を張れるという間違った責任感である。ということで、三歩は折衷案として本屋さんにいつもより長めに留まるという、消極的な娯楽をエンジョイすることにした。流石に映画館に行ったりする勇気はなかった。その勇気があれば、三歩のサボりは一時の疲れや鬱憤が行動として爆発しただけと、三歩の中だけで墓場まで持っていけたというのに。

神様というのは大抵、思い切りの良いものの味方なのである。じゃあ思い切り良く行動した時に意地悪するのはどこの神様かと三歩は思うが、それは別の神様なのだろう。残念。

ともかく今回に限っては、三歩はどうせサボったのだから思い切り良く行動しておけばよかったのだ。そうすれば罪悪感は少しずつ小さくなって自分だけでけりをつけられたかもしれないのに。

明日の方がもっと行きたくないああドキドキするこのまま寝られなかったらどうしよスピー、と布団の中で三歩が馬鹿みたいな快眠をむさぼった先の朝は、煌めくような快晴の出勤日和となった。冷たい空気が太陽の光を美しく拡散してるのを見ながら、三歩は「はいはいプリズムプリズム」という意味の分からない呟きを公道に吐き捨て出勤する。

サボった次の日の出勤がめちゃくちゃ嫌なことは事実だったが、三歩も大人だ、そこでまた行かないなんて選択肢はとらない。やってしまったことはやってしまったこととして、今日からは一生懸命働こうというくらいの意気込みは持っている。罪悪感の晴らし方を前向きに考えている。

一応、昨日の嘘がばれないようにと一昨日よりも厚着をし、マスクをつけた。厚着はともかくマスクはふがふがとなって苦手だが仕方がない。

電車に乗って今日はきちんといつもの駅で降りる。改札を抜けとぼとぼと大学まで歩き、図書館のまだ動いていない自動ドアを手動で開けて閉める。狡猾な三歩はこの時点から演出を入れることを忘れない。エフン、エッフン。

　関係者専用扉を開け中に入ると、ロッカールームの奥、職員用控室にはおかしな先輩が一人でいてスマホを見ていた。三歩に気がついた先輩は「おはよー」といつもの挨拶、確かこの先輩、昨日はシフトが入っていなかったはずと思いつつも狡猾な三歩は念の為一度咳ばらいをしてから、いつもよりも小さな声で「おはようございますー」と挨拶を返した。すかさずおかしな先輩が「ん？」と疑問っぽい声を発したので、三歩は、よし体調不良と思ってくれた、と思い、次の一言が、風邪？　であることを期待した。

「三歩、風邪？」

　こうもことが上手く運ぶとは、罪悪感と達成感が絡み合って龍のごとく飛翔するさまを想像したのだが、三歩の心中の龍は二匹とも、打ち落とされることとなった。

「昨日は元気そうだったのにー」

「……へ？……きの、の」

「旅？」

違う。なんで、と言おうとしたのを噛んで、のんで、と発しかけたところ言葉が詰まったのだ。紛らわしいすれ違い。

「昨日、えっと、私」

「本屋いたよね？　昨日私も休みであそこの本屋行ったんだよ。なんか本見ながら顔ころころ変えてたし、ぶつぶつ独り言してたみたいだったから怖くて話しかけなかったけどねー」

先輩はいつものおかしな調子で、恥ずかしいところを見てやったぜ恥ずかしがれーといった表情を作り、唇の端だけで笑った。

本当なら、三歩もいつものあわあわした調子でそうしたかった。いや、普段ならそんなの見てて声かけないなんてこのやろうと思いもするが、今日に限って言えば恥ずかしがれた方がよかった。

なんてことだ。見られていたのだ、サボりの現行犯を、しかも元気なところを、これは、まずい。

しかしまだ私がサボったことは知らないっぽいぞ。どうする、どうしたらいい、どうやったら口封じが出来る？　人違いのふり？　賄賂？　消えてもらう？

ひとまず。

「え、ひ、ひひひ、人違いじゃないですかー？」

「笑ってんの？　噛んでんの？　いや気づいてなかった？　私、一回真横通ったんだけどなー」

それはまずい。不幸中の幸いは、もしも昨日の時点で先輩がいることに気づいていたら、店内で大パニックを起こしていただろうから、それを回避出来たのはよかった。でも昨日気づいてたら昨日のうちに誤魔化せたのかもしれない。どっちがよかったのだろう結局。

「昨日、三歩と私が休みだったってことは誰が出勤してたのかなー」

言いながら、おかしな先輩はデスクの上にあるシフト表になにげなく手を伸ばす。

かなりまずい。どうしよ。

考えているうちに、秒針は進む。何かアイデアが出るまでおかしな先輩は待ってくれるようなそんな期待を三歩はしていたのだけれど、どうやら今日はゲームで言うところの強制横スクロールステージだったようで、何もしないでいるとすぐ谷底に落ちてしまう仕様であるようだった。

「つざいまーす」

ゲームオーバー。背後の扉が開かれる音と、その声は、姉貴。

「三歩、風邪大丈夫かー？」

「ん？」

背後の怖い先輩の気遣いと、目の前のおかしな先輩の疑問符。前門のなんとかと後門のなんとかを思い出そうとしたけれど、涙目の三歩の頭には浮かんでこなかった。虎と狼だ。

どっち、どっちから、対処しよう、迷って迷って、咄嗟にまず三歩は振り返って怖い先輩に挨拶をし、それから「昨日はすみませんおかげさまでほとんど大丈夫ですー」と病み上がりとは思えないであろう早口で告げた。

それから前を見る。禁断のシフト表を既に見てしまったのだろう。不思議そうな顔をしているおかしな先輩に向けて、全力の、渾身の、全身全霊の、魂の想いを言葉と涙目に乗せて、伝えた。

「私、昨日、風邪で、休んじゃって、病院行ったですよー」

途中の「ん」はどこかに忘れてきた。とりあえず、伝えたいことはただ一つ、病院に行ってその帰りにちょっと本屋さんに寄っただけ、それだけでやましいことはないんだから、あんまり話を広げないで。一つにしては随分と長文だが、それが偽らざる三歩の願い。

本当はすぐさま謝ることだって出来たはずだし、そっちの方が傷が浅くて済んだ可能性は十分にある、もちろんそっちの道を三歩だって考えた。でもでもでもでも。ひょっとしたら正直に謝ることよりも無傷で終わる可能性があるのならば、そちらにかけてしまうのが人のさが。ゲームセンターのコインゲームで当たった時に、ついついダブルアップゲームに乗っちゃう三歩のカルマ。

そうやって結局は勝ち得たはずのものまで失ってしまうのが三歩なのだけれども、今日に限っては、三歩の真心が通じたのか、はたまた目の前の人がとても大人だっただけか、それともまた別の理由か、なんと事態は決して悪くない方向へと進んだ。

「なるほど、じゃあまだ油断は禁物だねー」

おかしな先輩が、怖い先輩にも聞こえるような声でそう言ってくれたのだ。三歩は口には出さないが、頭の中で自分が出来る一番のとろけた声で「せぇんぱぁい」と感謝の気持ちを表した。現れてはいない。

どうやらこれで安泰だ、先輩達も納得してくれたし、と、安心しかけたのも束の間、三歩の人生がそう上手くいくわけがない。

おかしな先輩が、いつものあまり感情の読めない笑顔のまま三歩の前までずいっと近づいてくると、今度は怖い先輩には決して聞こえない声で、そっと、三歩の顔に吐息のように吹きかけた。

「なるほど。三歩も、ずるいこと出来るんだー」

ずる。

受け取った、おかしな先輩の言葉を、もぐもぐ咀嚼する。

味を確認して、飲みづらいけど飲み込んで、そしてしっかりお腹の中にあることを確認して、すぐに三歩はその言葉が自分のお腹に良くないものであることが分かった。

ずる。

人から言われて、実感する。

分かっていることと、実感することは、似ているようで違う。

そうだ、ずるをした。

言葉をお腹から逆流させて吐き出すことが三歩には出来なかった。ひょっとすると、方法はあるのかもしれないが、三歩は知らなかった。

うぇぇ。

また戻ってきた。昨日よりも大きくなって。罪悪感。すぐにお腹が痛くなってきたけれど、三歩はそれを風邪のせいであるかのように見せることにした。出来た。


赤ずきんちゃんに出てくる狼の気持ちを三歩は味わった。つまりお腹に石を入れられたような重さを感じながら、はや五日。途中一日の休日を挟んだにもかかわらず三歩の調子は依然としてあがらなかった。全ては、あのずる休みをした日のことが原因だった。こんなことならきちんと出勤しとくんだったと後悔しても時既に遅し。もう時間は返ってこないし、もうおかしな先輩以外の全員が、三歩は風邪だったのだと認識している。取り返すことはもう無理だった。

「三歩ちゃん、風邪もう大丈夫？」

優しい先輩が声をかけてくれる。皮肉なことにその言葉がより三歩の心を沈めるのである。かろうじて三歩は笑顔を作り、「もう大丈夫ですー」と返した。自分で声の音域が若干ではあるが下がっていることが分かり、これじゃあ駄目だと元気を出す為にお昼ご飯を食堂でたらふく食べてみたものの、ダメ。お腹の中の石は別腹。

　おかしな先輩はあれからも普通に接してくれている。てっきり、二人だけの秘密となった三歩のずるを知ったからには、強請(ゆす)ったり脅したりからかったりと、先の二つは三歩の被害妄想にすぎないが、何かしらのアクションはあるとばかり思っていた。しかしおかしな先輩はいつものおかしな先輩のまま、あのずるとはまるで関係のないことで三歩はいじられたりからかわれたりしていた。脅したり強請ってはこなかった。

　そのことが不気味で、正直に言えば、嫌で、三歩は自分だけでもにゃもにゃとした気持ちの中に閉じ込められることになってしまった。相変わらず、粘着質。

　時間が解決してくれるだろうか、明日は明日の風が吹くだろうか、そう期待して五回寝たら、五回とも覚醒してから一分後にはそのことを思い出し、胃がもたれた。うええ。

　どうにかならないものか、もうどうにもならないのかもしれない、私は一生この罪を背負って生きていくんだ、へっへへ。

　やさぐれ三歩もポーズだけ。本当に投げやりになれればいいのだけれど、変なところで真面目な三歩は相変わらず苦しむばかり。やはり神様は思い切りの良いものの味方なのだ。

今日も仕事が終わり、家に帰って、いつもと同じくらいの量のご飯を食べ、いつもと同じくらいに美味しく感じ、テレビを見て本を読んで風呂に入って床につく。傍から見れば多少大人しいとはいえいつもとさほど変わらない三歩だし、三歩自身にとっても特別に生活の何かが変わったわけではない。例えば食べ物の味がしなくなったとか、何を見ても笑えないとかそういうことは全くない。ただ、どこか、美味しいと思ったり、面白いと思ったりしている自分は、罪悪感を持ってしまった自分を慰めるためにプラスの感情を体内に持ち込もうと必死に頑張っている自分なんじゃないかと、勘繰ってしまう。美味しいも、面白いも、どこか他人事(たにんごと)で、誰かのためのことのように思ってしまう。本当は、きっとそんなことはないのに。そんな風に思ってしまうのは、ずるをした自分と本当の自分は違う人間なのだと、全く一緒の生き物じゃないんだと、思いたいから、少なくとも三歩はそう考える。堂々巡りの考えは、じわじわと三歩の心臓を締める。死にはしない、ほんのちょっと体調が悪くなるだけ。本当にほんのちょっと、いつもの状態を丸いピザだとしたら今の三歩の体調は十六等分されたピザの一ピースを失った程度にすぎない。だから三歩自身も、平気平気という顔を崩せない。助けを求められない。

しかし、それも昨日までの話だ。

六日目の朝、起きてすぐ三歩はそう考えた。相変わらずおちょぼ口のパックマンのような心を胸に持ったまま、三歩はこのままでいても埒が明かないということにようやく気がついた。遅くとも気がついたことに意味がある。

三歩はおちょぼ口のカービィのような表情で素早く起き上がると、一つの決心を固めて、というと言いすぎかもしれない、決心というにはやや消極的すぎる思いを抱えて、仕事場に行く身支度を始めた。素早く起きたのはやや遅刻しそうだからである。

スーパーの安売りで九十六円だった高級クリームパンを口にくわえたまま、三歩は駅までの道を歩いた。何が高級なのかは未だ分からないが、袋にそう書いてあるクリームパンは今日も美味しかった、はずだ。また、それを食べているのは自分の為じゃないような気持ちになった。私のクリームパンを返せ、高級なんだぞ。

改札を通って、電車に乗って、電車から降り、改札を通り、職場へ。この場所に通い始めてもうすぐ二年。駅も近くて環境も良くてとても働きやすい職場。それでも、たとえそれでも、仕事だから行きたくない日があって、そりゃもう毎日のようにあって、感極まってあの日逃げ出しちゃったわけだけれども、それで体調悪くなってたら世話ない。どうにかしたい。でも三歩だけで解決するにはちょっと難しいので。

「三歩か、おはよー」

「おはようございます。先輩、今日どこかで時間いただけませんか？　ご相談したいことがあります」

ドアを開けて顔を合わせるなりまくし立てた三歩に、運良く一人でいてくれたおかしな先輩は眠そうな目を見開いた。

「お、なんだなんだ、仕事辞める？」

「い、いや、そこまでは……すいません」

なんか謝ってしまった。これはひょっとして、もっとも言いにくいであろう相談内容を先に予測してしまうことで、相談を受けないようにするおかしな先輩の手法であろうかと、三歩邪推。もしそうであれば先輩の作戦は成功間近だろう。三歩は怖気づきそうになった。でも、今日ばかりはひるんでちゃダメなのだ、このままでは高級クリームパンを、ピザを、誰かの為に食べ続けることになる。三歩負けない。

「今でもいいよー」

「で、出来ちゃら、こっそりお願いしたいんでぅが」

二回噛んだ。ワンバースで二回噛むのは三歩にとっても不覚だ、一回は日常。

「えー、めんどくさーい」

もーすぐそんなこと言う。

「なんつって。いいよ、じゃあお昼ご飯一緒に食べに行く？　どっか、食堂以外のとこ」

「は、はい、お願いします」

サシ飯、自分から頼んでおいて三歩はにわかに緊張してきた。そういえば、優しい先輩や怖い先輩と二人でのご飯は経験があるけれど、おかしな先輩とは初めてだ。取って食われれは、まあ、おかしな先輩にはされないだろう。

面談の約束を済ませた妙な緊張感と、反して一つ目の目的をクリアした安堵に包まれてうねうねする三歩とは違い、おかしな先輩はさっさと控室から出ていってしまった。時計を見ると、業務開始一分前。三歩は慌てて出勤登録をパソコンで済ませる。

あぶねえ。

真面目に働いているとお昼休みはすぐにやってくると誰かが言っていた気がするけ

ど、そんな感覚を持ったことは今のところない。今日もそこそこの長さをもって前半の業務が終了し、さあさお昼ご飯だといつもの調子で三歩が控室に戻ってエプロンを外すや否や、首根っこ掴まれた。

「おい姉ちゃん、面貸してもらおうか」

びくっとして振り返ると、おかしな先輩、おかしな感じで登場。横にいた怖い先輩は特に反応することもなく、粛々とエプロンを外していた。慣れすぎている。いつもなら多少はいじってほしいところだけれど、今日はちょうどいい。首根っこを掴まれたまま、ロッカーの前まで連れて行かれ、そこでひとまず各々防寒着を着る。そこからはおかしな先輩に手綱を引かれて図書館を出た。手綱は流石に比喩。

寒い中、首をすぼめて先輩にひょこひょこついていくと、八分後、辿り着いたのは外観からもう既にオシャレそうなカフェだった。

「ここ来たことあるー？」

「いえ、ないです」

大学の近く、とはいえ周りは普通の家々、連れてこられなければずっと知らずにいただろう。

「学生達も図書館の連中も使わないし、たまに来るんだー」

重そうだけど実際はそうでもなかった扉を開け、店内に入ると、コーヒーの匂いと薄いタバコの匂いがした。全体的に白い店内には、コーヒーを飲みながら話しているおばさまが二人いるだけ。店内のBGMと同じく、ほどよく静かな声の女性店員さんに窓側の席をすすめられ、二人で座った。

早速それぞれにメニューを開いてみると、パスタやサンドイッチ、ハンバーグなんかもあって、先ほどからずっと鳴っていた三歩の腹の虫が歓声をあげた。しかも料金はかなり良心的、これには三歩の財布が快哉を叫んだ。

「決めたー？　私、野菜サンドー」

「え、えーと、じゃあ、私、ハンバー、いや、えー、カレーピラフにします」

欲望の赴くまま、ハンバーグセットを頼みそうになった三歩だったが、両手にナイフとフォークを持ってむしゃむしゃは、相談中にすることじゃないとギリギリで悟った。あぶねえ。カレーピラフならいいのかは分からないが、スプーンだけならセーフな気がする。それに昨日ピザのことを考えていたのでカレー味が食べたかったのだ。モントレーのカレー味が三歩の推しピザ。

店員さんにその二つと飲み物を注文すると、そっこうでオレンジジュースとアイスコーヒーが運ばれてきた。もう少し話をどう切り出すかを考える時間をくれてもよかったのにと、三歩はちょっと思った。

店員さんを責めるわけにはいかない。到着してしまったものは仕方がない。さあどうするかと考え三歩が唇を尖らせると、出る杭は打たれる、もとい、おかしな先輩が紙袋開封前のストローで三歩の突き出た唇を刺してきたのだ。指した、んじゃない、刺した。

「この前、サボったこと？」

自分の顔に突き刺さったストローのことも忘れ、驚き咄嗟に頷いてしまった三歩の鼻の穴に、ストローの先端が入る。

「うがっ、あ、すいません、ストロー替えます」

鼻に刺さった先輩のストローを受け取り、三歩は自分のストローを差し出す。刺してきたのはあっちだし開封前とはいえ、流石に自分の鼻に入ったストローを人に使わせられない。

「んー」

「で、え、はい、そうです。あの日のこと、はい」

「言わないよー、誰にも」

おかしな先輩は、したり顔の混じったいつもの笑顔で頷き、そして、隠しているし、隠れてはいるけれど、どこか面倒くさそうな声で、そう言った。

三歩の体に、緊張で力が入る。

「い、いえ、口止めしようとか、そういう、いや、今のところは言わないでくださっているのには、感謝してますが、その、それを言いたいわけではなく」

「なにー？」

「あの、私は、皆さんに、ちゃんと本当のことを話すべき、でしょうか？　あの、それを、相談したくて」

言えた、ちゃんと言えた。ひとまずは、今自分が真に悩んでいることを言えた。

三歩は考えていた。自分の中のもにゃもにゃは、罪悪感によるものだ。ならば正直に話して、断罪されればおさまるものなのではないか。きっとそうだろう。

じゃあ思い切って話して謝ってしまえばいいのに、しないでいるのは、打ち明けるのが良いことなのだろうかという疑問があるからだ。

罪を打ち明けて、怒ってもらってすっきりしようなんて、あまりに自分勝手じゃないか。怒ることに、人は体力と精神力を使う。もし三歩のことを新たに嫌いになるスタッフがいたら、三歩はその人に、人を嫌うエネルギーを使わせてしまうことになる。

怒られることや嫌われることが怖いから言いたくない、という自分も嘘じゃない。けど、それと一緒に、ちゃんと怒られたい、良い子じゃないと思われたい、そうしてすっきりしてしまいたいという自分もいる。

どっちが自分勝手なのか、考えつくしてみたけれど、三歩には分からない。分からないから、それを、唯一あの日のことを共有している先輩に相談したかったのだ。あの時、一応は三歩のずるを見逃してくれた先輩に。

三歩は、それをかいつまんで、たどたどしく伝えた。必死に一生懸命、答えを知りたくて。

聞いてくれていたおかしな先輩は、一度ちゅっとアイスコーヒーをストローで吸い上げてから、アドバイスをくれる前に一度、溜息をついた。

「どっちでもいいんじゃない？」

「どっちでも……」

「したいようにすればいいんじゃないかなー」

「それは、そうなんですぎゃ……」

噛んだ。

期待していたのとは違う、おかしな先輩の適当な返しに、あれ？　相談相手を間違えたかな？　やはり普段からおかしな先輩なんて心の中で呼んでる人に相談すべきことじゃなかったかな？　と、三歩は思いかけたが、たったこれだけの会話でその判断をつけるのはあまりにも失礼なので、キャッチボールを試みる。

「どっちにしたいのか、分からないんです」

「でも、サボりたいと思って、あの時はサボったんでしょ？」

「う、はい」

「それに怒られたくないと思って、嘘をついた」

「う、うう」

うえぇ。お腹痛くなってきた。

「じゃあ、それでいいんじゃない？　別に誰も困ってないし、あの日さ、人員不足って言っても、創立記念日でほとんど利用者いなかったんでしょー？」

そうなんだ実は。確かにその計算もあった。しかし、ことはそう単純ではない。三歩が本当に苦しんでいるのは、誰かに実害を与えてしまったということが理由ではないのだから。

「反省してんなら、別に悩まなくてもいいじゃん」

「自分で、自分にひいてて、それをどうにかしたくて」

だから、そう、誰かに怒られたいのも、自尊心と周りの評価の帳尻を合わせたいだけ。そのバランスが取れている時、人は、すっきりするのだ。自分は天才だって思ってる時、誰かに褒め称えられたらとてもすっきりするみたいに。三歩が自分は天才だと思った時に周りからの評価も伴っていたことはほぼないが。

「どうしたら、いい、のかなぁと、思って」

要領を得ない三歩の悩みを聞いてくれていたおかしな先輩は、頭を抱える三歩を前に、ふっと軽く噴き出した。

それに反応して、三歩がおかしな先輩の顔をじっと見ると、先輩は笑顔のまま、「しょうがないなあ」と呟いて、それから今度は、面倒くさそうな様子を一切隠そうとせず、鼻の頭をかいた。

「んとさあ」

「ふぁい」

「三歩、自分で自分にひいてるって言ってるけどさ」

言葉の途中だろうけれど、三歩はうんうん頷く。先輩が、何か自分にはない新たな考えをくれそうな、その助走に入っているような気配がしたからだ。

「はい、そです」

「大丈夫だよー」

みんな三歩のこと大好きだからー？

「三歩が自分にひいてるより、私の方がもっと、三歩にひいてるからー」

もぐもぐもぐもぐもぐもぐ。

「………んー？」

もぐもぐ、ごくん。げふっ。

先輩の、おかしいけれど、変だけど、働き始めた時から、いつも笑顔で、色々なことを教えてくれて、実は普通に良い先輩だった彼女からの、宣言。

三歩は、きちんと嚙んで飲み込んでみて、一応、自分なりに消化の仕方を見つける。

「しょ、そ、ああでも、はい、ずるは、そう、それはひかれても」

「いや、違う違う」

おかしな先輩は、苦笑するように手を顔の前で横に振る。消化不良。

「三歩が図書館に入ってきてから、ずうっと、三歩にひいてるよ」

「はえー」

「何回怒られても同じミスするとことか、変な思考回路で行動して迷惑かけるところとか、あといつもぼーっとしてるとこもそうかな、それで他の子達が、三歩のこと気に入ってるとことか、まあそれは、あいつらにひいてるんだけど」

あ、ひょっとしてこれは。

三歩の中に、おかしな先輩の言葉の裏にあるものを期待する気持ちが起こる。

「ちなみにこれは愛あるいじりとかじゃないよ」

あ、違った。

「三歩のそういうとこが可愛くて仕方ないって、あの鬼教官みたいな子もいるけど、私は違う。なんなら、三歩みたいな子は、好きじゃない」

「す、好きじゃない」・

「そう」

「嫌いでも、ない?」

「さて、どうでしょう?」

そんな残酷クイズあるだろうか。さて問題です、目の前にいる職場の先輩は私のことを嫌っているでしょうか？　れっつしんきんぐ。

「ちょ、ちょちょちょ、待ってください」

誰にも急かされてないのに、三歩はタイムを申し出る。ちょうどよく、カレーピラフも運ばれてきたので、落ち着くために、ひとまずいただきますして一口ぱくつく。落ち着けるわけない。

え、何、その話。私の相談は？

なんで突然好き嫌いの話？

実を言うと、三歩は、自分が万人に好かれる人間ではないことは、とうに知っている。

ある人にとってはその抜けた性格が腹立たしいのだろうし、またある人にとっては人見知りなくせ時に大胆な行動に出るところも鬱陶しいのだろう。よく言葉を嚙むのもあざといと言われていたことがあるし、食が太いところをみっともないと言われたこともある。顔も声も髪型も身長も、きっと自分のことを生理的に無理な人はいるんだろう。人は人を無条件で好きになれるわけではない。三歩はそれを知っている。もちろん、図書館内にも自分を好きじゃない人間はいるのだろうと思っていた。社会人だから普通に接してくれているだけの人はいるだろうと分かっていた。

だからって、それを本人に堂々と、そしてこれからも基本的には付き合っていかなければならないはずの、相手に言うだろうか、気が知れない。

そして、一体今までの会話となんの関係が？

三歩は、一つのあまりよろしくない答えに辿り着く。

「えっ、と、嫌いだから、私にさっさと図書館辞めろってことですか？　サボるし」

なるほど、朝のおかしな先輩の言葉は伏線だったわけだ。

「いや、違う違う」

また、違った。

「え、じゃあ、なんで、いきなり、私を好きじゃないなんて話を？」

困惑が少しずつ心からどこかに出ていって、そこにやはり少しずつ、恐怖が入り込んできていた。知っていても、怖いのだ。三歩は怖い。嫌われることが。さっきおかしな先輩が、他のスタッフ達は三歩を気に入ってると言ってくれた。でも、好かれているという嬉しさは、嫌われているという怖さを薄めてはくれても、消してくれはしないのだ。

おかしな先輩は、カレーピラフと一緒に到着していた野菜サンドを一口ハムりと食べてから、じれったい言い方で、「それはね」と前置きした。

「うだうだどうでもいいことで悩んで呼び出してきた三歩にうんざりしたから？」

「うえぇ」

「っていうのもあるしー」

二口目。

「ずるしてることってそんなに悪いことじゃないでしょって話をしたくて。私さ、確かに三歩のこと、好きじゃないけど、でももしいつか三歩のことを好きになり始めたタイミングを訊かれたら、あの日だって答えるよ、三歩が嘘ついて私に共犯者になってくれって目をした日」

そんな目、しただろうか。多分したんだろう。まあそれはいい、好きになり始めたタイミングの話に、三歩は耳と脳と心を奪われた。どうして？

「この子、㊂ちゃんとずるいことを自覚的に出来るんだって安心した。あの日まで私、三歩っていわゆる天然みたいなもんだと思ってたの。ま、天然って言葉自体嫌いなんだけどねー」

「そ、それは、わ、分かるます」

嫌い、という強い気持ちまでかどうかは分からないが、三歩もその言葉があまり好きではない。

理由は、おかしな先輩がそう思っていたというように、生きてきて何度となく天然と言われ続けてきたから。少なくとも自分では、きちんと考えて生きているのに。決して何かを神様や精霊から告げられて生きてるんじゃない。何が天然だ、私達みんなお父さんとお母さんが作った人工物だろうが、と酔って大学の飲み会で思わず言ってしまって、ドン引きされて以来二度と口には出さないが、今でも間違ってないと思っている。

ずるいことを自覚的に出来るというのに安心した。んで、天然が嫌い。ということは、自覚的にずるいことが出来る後輩は天然じゃないから、好きになってやってもいい、ということだろうか……。

じゃあ自覚的にずるいことをしてしまったことにうだうだ苦しんでいるのは一体なんになるのだろう。三歩はくわんくわんと首を左右にひねる。

「あっ」

「どしたん？」

「じゃあ、あれは、あの、ずる出来るんだねって先輩が言ってたあれは」

意地悪で言われたんだと思っていた。お前はずるしたんだと釘をうちこまれたのだと思っていた。

「そんなこと言ったっけ？　ま、へーって思ったんだろうね」

そうだったんだ。三歩はほっとしかけ、でも先輩の言葉はきっかけにすぎないとすぐ気づく。天然じゃなかったとしても、自覚があったとしても、自分がずるしたことには変わりない。

「だから、ずるが悪いことじゃない、とは」

自分の頭の中では論理立てているつもりでいるから、会話が成り立っていなくても、三歩は必要のない「だから」や「でも」を使ってしまう。天然なんじゃない。会話が下手なだけ。

「ずるはやっぱり、悪いことなんじゃないかと、思いまぅ」

そうだ、じゃないと、自分がこれまでにずるをした人達を心の中だけでとはいえ責めていたのはなんだったのだと、なる。

「じゃあ、別に悪いことでもいいよ」

手の平返しが早い先輩。だから、あんなに楽しそうに、好きでもない後輩に接することが出来るのだろう。思い返してみると、あ、ちょっと泣きそうだ。けど、きちんと思い返すと、こまごまとした予感はところどころにあったのかもしれない。そういえば、このおかしな先輩とは、職場でしか喋ったことがない。何を考えているのか、分かったことは一度もない。

「でも、私に言わせたらさ、三歩は天然じゃなかったとしても、もっとずるいことをいつもやってると思うんだよ」

「んー、え？」

なにそれ。

もっとずるいこと？　サボって体調不良だと嘘ついて職場の人達に心配されるより

もずるいこと。それをいつもやってると言われて、三歩は首をひねる。

ずるいこと。ゴミ出しを指定日よりも早めに済ませちゃうこと？　スーパーで賞味期限が遠いものを選んでしまうこと？　職場でたまに見えないところでスマホをいじってること？

思えば、ずるいことをわりとやってる気がするけど、どれももっとずるいことかと言われれば断言は難しいし、いつもではない。

「分かんない？」

「は、はい」

「今まで生きてきて、三歩だから許されてきたことって、あるでしょ？」

三歩、だから。

「それが、ずるい」

三歩は考えた。

言われたことが、三歩にはある。それも、何度も、幾度となく。天然と言われたのとどちらが多いか分からないが、言われたことがあると知っているほどは、あった。

もー遅刻だよー、まあ、三歩だからなー。

プリント忘れたの？　三歩だからそんなこともあると思って多めに貰っといたよ。

今回の幹事は三歩だから、みんなでサポートしていこー。おー。

確かに、ある。申し訳ないなとは、思ってきた。そして、みんな本当に優しいなと感謝してきた。でもそうだ、よくよく考えたら、三歩だから、って言葉の意味は。

他の人だったら、ダメだってことだ。

つまり、自分だけが、ひいきしてもらってるってことだ。

それを受け入れてきてしまっていた。

それは、先輩の言う通り、おっきなずるってことになるのかもしれない。

「ああ、ちょ、ちょっと、泣かせようと思ったんじゃないんだって！」

「泣いてだいでず」

涙目は、泣いてる範疇に入らない、三歩の判定では。流してからが本番だ。ここでひきあげれば、まだセーフだ。心と涙腺に力を与える為に、カレーピラフをがっつく。うめぇ、至極、うめぇ。胃に熱が入っていく。

おかしな先輩は困ったように笑いながら「んもー」と、溜息をつく。面倒くささ、とはちょっと違う気がするけど、自分が泣かせた後輩を前に溜息。

その溜息が、三歩の心に触れた。なんか。

なんか、この人、なんだろう、なんか、今まで楽しく接してくれていたはずの先輩に好かれていなかった悲しさは十分にあるんだけど、今自分の至らぬところを思い返しショックを受けているところではあるんだけど、なんか。

なんか。

ぶっとばしたくなってきた。

もちろん八つ当たりだ、ああ八つ当たりだともさ。この一週間、自分の嫌なところを見て生活してきた。それで参っていたところに、自分のもっと嫌な部分を突き付けられた。反省しなくては、もっとちゃんとしなくては、と心から思う。自分が嫌になる。でも、今それをわざわざ言う必要ある？　後輩が悩んで相談があるって言ってるんですよ、先輩？　ずるしても大丈夫ってのはいっつもずるしてるんだから今更何言ってんだ馬鹿たれってことですか、はいはいはいはい。ひどくない？

「せ、せせせ、先輩だって」

「ん？」

「変、変な人だから、って許されてる部分あるんじゃないですか？　私、ずっと先輩をおかしな先輩だって、思ってます。だから変なこと言ってても、しょーがないなーって思ってます」

仕返しのつもりだ。三歩にとって渾身の。傷ついてほしいとか、謝ってほしいとか、そんなこと全て飛び越えて、ただムッとしたからやり返したかっただけの純粋な仕返し。なのに、おかしな先輩は軽く頷いて「そうだろうね」と、三歩の主張を認めた。

「そうやって生きてるんだろうね、私達は」

三歩は、口をつぐむ。

「ずるいことしたり、人に嘘をついたり、でも生きてかなくちゃいけなくて、自分をそんな嫌な奴だと思いたくなくて、だから他人をたっぷり甘やかして、その代わり甘やかしてもらって、必ずちょっとだけ反省して、生きていくしかないんだと思うよ。少なくとも私はそれを自覚して生きていけたらいいなと思ってるし、自覚して生きている人が好き」

なんだ突然っ。

「う、え、ま」

何かを、三歩が何かを言いたくて口をあうあうさせていると、先輩は「私が一番苦手なタイプのストーリー、どんなのか分かる？」と、突然の問題をふっかけてきた。

知らんがな。

「分かりません」

「子どもだったり、違う世界から来てたり、世間知らずで抜けてたり、そういうスレてない人間の価値観で、周囲にいる大人の凝り固まった価値観を揺るがしちゃう系。まるで、スレながら一生懸命生きてる大人達が間違ってるみたいで、嫌になる」

何冊か、思いつく小説や漫画がない三歩ではなかったが、今はそれらのことはどうでもいい。その中に自分の好きな本があった場合は後日この先輩にビブリオバトルを持ちかけるとして、三歩には、もっと言うべきことがあった。

「スレて生きてていいじゃない？」

「いや、ちょっと違う」

違った。

「嘘ついたり、ずるするのは悪いことだって三歩も言ってたでしょ。そうなんだろうね、きっと。ずるするのは、悪い。でもちゃんと自覚して、反省するんなら、ささいなずるをして生きてる大人を間違ってるなんて言えない。三歩は自分が間違ってると思ってんでしょ？　私は、三歩のこと、まだ好きじゃないかもしれない。でもさ」

　真面目に語っている先輩、見たことがないくらいに真面目な先輩、好きじゃない相手に向かって好きじゃないと断言出来るほどおかしな先輩は、やっぱり好きじゃない相手にも全力で向けられる明るい笑顔を作ってくれた。作った、のかは分からない。

「間違ってないよ。それくらいはね、先輩が甘やかしてあげちゃおう」

　その言葉に、三歩は思った。

　全部が全部が全部、無理。

「いきなりなんだこのひとぉぉぉぉぉぉお」

「ちょ、だから、泣くな！　もう！　そういうとこなんだって」

「だいでだびでず！」

　ただなんか、色々入り組んだことをされて、あらゆる感情が爆発したのだ。

　ふざけんなようわあああ、と思いながら何故かこの勢いとエネルギーを何かに使わねばと三歩は思った。この感情のパワーでくされ頭おかしい先輩をぶっとばしてもよかったのだけれど、三歩はスプーンを持って、残っていたカレーピラフをどんどん口に押し込んで咀嚼する。うめぇ、やっぱ、うめぇ。味わっている途中に、「何あんた、怖っ」と聞こえたけれど、もういい、この先輩にはどうせまだ好かれていないのだ、怖いと思われようと、ひかれようとそんなに問題ないはずだ。

口に詰め込んだカレーピラフは何故か、ちゃんと、自分で食べている味がしたのだ。

「おかしな先輩、訊きたいことがー」

「お、どしたどした、また忘れた？　物覚え悪子(わるこ)か？」

おかしな先輩とそんなやりとりでキャッキャしていると、これにはスタッフの奇行に慣れておられる様子の姉貴も「なんなんだあんたら」と、訝し気な目を向けてきた。いや訝し気なんて生ぬるいもんじゃなく、変なことしてんじゃねえぞタコども、とでも言いたげな目をしていた。

「三歩だからちょっとくらいからかってもいいんだよねー」

「はい、この先輩おかしな人だから、おかしいって言ってもいいんです」

二人で怖い先輩にそう教えてあげると、彼女は呆れたように「なんの遊びか知らないけど」と言いながら、自分の仕事に戻っていった。

三歩は改めて、面倒くささそうな様子を隠さないでノッてくれる先輩から、きちんと仕事について教わる。メモをする。全力で忘れないようにする。

「以上、忘れないように。私は誰かさんみたいに、出来ない三歩は可愛いにゃーなんて思わないよー」

「はい、分かってます」

怖い先輩がそんな風に見てくれてるとも三歩は思ってないけれど。

「でも正直自信がないので、忘れたらちゃんと注意してくださいっ」

「二度手間だなー」

おかしな先輩は苦笑する。その顔と台詞は本心かもしれない。そう考えると、少し辛い。でもそれが本心だとしても、三歩はこの先輩に近づかないようにしようとか、喋りたくないとか、思っていなかった。楽観的だから、天然だから、間抜けだから、それもあるかもしれない。でもそうじゃない。

先輩は、こんな顔も台詞も他の図書館閲覧スタッフの前では見せない。自分が三歩だから見せている。他の人に物覚え悪子なんて言わない。ってかなんだそれぶっとばすぞ。

まあいい、三歩だから、三歩としての甘やかし方をしてくれている。ひいてることを隠さなくてもいいと思っている。それが分かった。

それなら。

この先輩を前にして、三歩は、大きな目標を作った。

これがこの図書館での夢の一歩目になる。

私を三歩として扱ってくれている。だったら、無関心じゃないってことだ。

ならばあとは、好きになってもらうだけ。三歩だから、好きになったと思ってもらうだけ。なんて素敵な可能性だ。

この考え方を、楽観的だ天然だ間抜けだ、なんと呼ばれようと、夢への道の前では些末なことだと思えた。

叶った時、心から言ってやろう。ドヤ顔で言ってやろう。

私は、三歩としてあなたに出会えてよかった、って。

麦本三歩は今日が好き

麦本三歩は寝ていなければ起きている。言うまでもないことなのだが、三歩の場合は望んで現在起きているわけではない。なので、今起きているという事実は自分にとって当たり前のことではないのだと彼女は示したい。誰に示したいのかと訊かれれば、起きていることを褒めてくれる誰かにと三歩は答えるだろう。彼女は仕事に行く為に今日も朝早く温かい布団に別れを告げなければならないことを大変不服に思っていた。本当なら十時くらいまでは寝ていたいのに。

カーテンを閉め切った部屋でベッドの上、少し早めに鳴らしたアラームを消して、布団の中でスマホをいじる。メールボックス、ツイッター、ナタリー。毎日惰性でチェックしているサイトも全て見終え、いよいよ動き出さなければならないのだけれど、気も体も重い。体調は万全だし機嫌もすごくいい。ただ面倒くさい。億劫だ。このさらさらとした布団とずっと添い遂げたい。以前に仕事をサボってしまった後の二週間ほどは自分を律して素早く起きていたものだったけれど、もうとっくにどこ吹く風、熱さ忘れた。今ではどうして好きなものと一緒にいるだけではだめなのだろうと三歩は半ば本気で思いながら、頬をシーツにこすりつける。すりすり。

大学時代はよかった。自分の裁量一つで、一時間目に授業を入れないようにだけしていれば自然に目覚めて携帯をいじったり手の届くところに置いた本の続きを読んだりしていても余裕だった。それがどうだ、社会人になったら起きる時間もアラームの騒々しさも高校生の頃に逆戻り。逆行している。ということは大学生というのが人生の先端。折り返し地点なのだろうか。

後ろ向きなことを考えている場合じゃない。出勤への時間は刻々と迫っている。三歩はどうにか布団の誘惑から自らの体を解き放つ為にぐっと力を込めた。体にではなく頭にである。ぐううっと神経を集中し、イメージを作る。実は三歩、昨日のうちに今日の朝は冷え込むと先輩から聞き、より起きることが苦痛になるであろうことを予想していた。故に対策は既に打ってある。朝ご飯用に大好物のチーズ蒸しパンを用意してあるのだ。好きなものから好きなものへのバトンタッチ。布団からチーズ蒸しパンへのトス。これが三歩の安い秘策である。

チーズ蒸しパンチーズ蒸しパン、ふんわり甘くてとろけるチーズ味、よしっ。

三歩は意を決して体から思い切りよく掛け布団をはぎとった。そして勢いよくもう一度体に引き寄せてくるまった。あ、だめ、やっぱ寒い。起きた瞬間につけた暖房の設定温度を二度上げる。

いっそこのまま出勤してしまおうか。無理かしら。都会に行けばオシャレなのか何なのかも分かんないものを身に着けている子はいくらでもいるから、布団くらい着てもいいんじゃないか。そんな風に考えた三歩だが、以前に寝ぼけてパジャマで出勤しようとし、周囲の人の視線に気づいて赤っ恥をかいたことを思い出してしまった。また恥ずかしくなってきて、その場でじたばたとする。黒歴史だ。

結局、三歩は気合を入れて布団から飛び出ることが出来なかった。妥協案としてタオルケットだけを体に巻いて立ち上がり、まずはカーテンを開けた。晴れている。濡れないのはいいけれど、放射冷却現象がきつそうだ。うう、布団に戻りたい。

そう思いながらもそんなことをしてしまっては一巻の終わりだ。三歩はタオルケットミノムシのままテーブルにつき、そこに置いてあったチーズ蒸しパンの袋を開けてからまたすぐ立ち上がる。飲み物を忘れていたことに気づいたのだ。摺り足気味にフローリングを歩いてキッチンに近づく。出来る限りタオルケットから手を出さないよう、もたもたとケトルに水を入れてスイッチを押した。

　ごぉぉという力をためるかのような音が鳴り出す。ケトルで湯葉って作れるのかな。箸で摘まんでる間に火傷しそうだな。そんなことを考えてぼうっと黒いケトルを眺めているとあっという間にお湯が沸いた。以前に出版社に勤める大好きな友達から貰ったマグカップに、ティーバッグを入れてお湯を注ぐ。ティーバッグがお湯に触れてじんわりするさまを見るのが三歩は好きだ。まるでお風呂に入って血色が良くなっていくのを見ているようで、こちらまで温かくなるような気がする。お湯にたゆたうさまはたまに行く銭湯で全身を浮力に委ねている時の自分のようだ。今日の行き先が職場じゃなく銭湯ならいいのに。人生というのはこうも世知辛い。

　お湯に紅茶の成分が溶け出してくる。もちろん三歩はティーバッグを取り出す時に摘まむはずの部分をお湯に浸すくらいのミスはしているので、フォークで持ち上げてから指で摘まむ。も、熱さに一度指を離してしまった。再度フォークにひっかけてティーバッグをお湯の中で上下させ、成分をダメ押し的に溶け込ませてからフォークごと流し台に置いておく。捨てるのは冷えてから。

　マグカップをテーブルに置き、椅子に座ってようやく三歩の朝食再開だ。既に開けられたチーズ蒸しパンの袋を見て、あら親切な人が開けてくれたのかな、なんておどけて紅茶をすする。しゅるるるという音と一緒に体に入ってきた紅茶は豊かな香りとほのかな苦み、そして熱で三歩の体を確実に勇気づけてくれた。感動的な一口だ。もうすぐ一番寒い時期も終わろうかという日の朝に、ティーバッグの紅茶でこんなに幸せなのだから、極寒の地で最高級ミルクティーとか飲んだら感動で死んでしまうかもしれない。死因はなんだろう。凶器はそのぬくもり。

ともかく全身を紅茶の温かみとだんだん効いてきた暖房に包まれた三歩は、思い切り良くは無理だったのでそうっとタオルケットを自分の体からはいでみた。まるで蛹(さなぎ)の殻から出てくるように。うーん、まだ寒い。でも耐えられないほどじゃない。三歩はタオルケットをベッドの方に丸めて投げて、独り身で生きていく決心をした。さよならタオルケット。

湯気をたてるマグカップに三歩はそっと手を添えるようにして暖をとる。ぎゅっと触れれば火傷してしまうので、触れるか触れないかのところで温度を楽しむ。

なんとなく指先が温まったところで、改めてチーズ蒸しパンを手に取った。袋の開いたところから指を差し入れ、パンを優しく摘まむ。柔らかい蒸しパン、強く持って圧縮してしまえばそのふわふわ感が損なわれて台無しになってしまう。そうっとパンを引きずり出すと、その神々しい全貌があらわになった。

途端、袋に閉じ込められていた香りも一緒に飛び出してきて、三歩の鼻と空腹を刺激した。その豊かさに、いっそこの匂いが噴き出してくる目覚まし時計を開発しようかとすら思ったが、二日酔いの時に間違えてアラームが鳴ったら吐くからやめようと思い直す。そもそも文系をひた歩いてきた彼女にそんな技術はない。

パンの周りについている薄い紙をはがす。気を付けながらもぼろぼろと破片をテーブルの上に散らしてから、三歩は両手で持った大好物にようやくかぶりついた。

「……んふふふふふふふ」

思わず笑みどころか笑い声がこぼれてしまう美味しさ。ふわふわで薫り高く甘くて爽やかで重くなく歯触りも舌触りもお腹にも優しくて歯を使わなくても崩れてしまうほどか弱いのに口の中で溶けた後の残り香は自身の存在を決して忘れさせないあざとさを持っていて、あなたがもてもてなのも分かるよ、と三歩はチーズ蒸しパンの魅力に改めて感心する。たった一口で先ほどより二回りくらい元気になった三歩は更に二口目、三口目をはぐはぐと吸収しては喜びの溜息をつく。

甘みですっかり目覚めた三歩はテーブルの上にあったリモコンでテレビをつけた。密室だった室内に空気が通ったような気がする。実際に空気は通さない。寒い。

リモコンでチャンネルをくるくる回し、春に向けてのスイーツ特集をやっている番組に決めた。三歩は甘いものが好きで、ワイドショーが苦手だ。何が美味しいかということに興味があって、会ったこともない人が不倫したかどうかということになんて興味がないのだ。

スイーツ特集ではデパ地下で売っている苺のケーキを宣伝していた。美味しそうだ。デパートは遠いから、帰りにコンビニでケーキを買って帰ろう。最近のコンビニスイーツってレベル高い。前に食べたガトーショコラは凄まじかった。なんだあれ、工場にシェフが何人必要なんだろう。

あほなことを考えていると、チーズ蒸しパンをわりと大きな塊で床に落としてしまった。三歩はのろりと拾おうとし、額をテーブルにぶつける。涙目。間抜けな様子にツッコミを入れてくれる人も一人暮らしの1Kにはいない。三歩はかけらを拾い、でこを撫でつつ既に口に入っていたチーズ蒸しパンを口の中でもむもむする。

ふと、三歩が何かやらかす度に大きな声で笑ってくれる友人のことを思い出した。

マグカップをくれた彼女とはまた別の、元気で朗らかな女友達。

「んふっ」

パンの甘みを直接舌に感じなくたって、好きなものや人のことを思うだけで、三歩は痛みと一緒にでも幸せになれる。友達に間抜けな行動を注意されることだって三歩は好きだった。社会人になってからも、三歩は毎日注意されるがそれとは違う。愛あるツッコミ。三歩の好きな友達は三歩のとろいところも間抜けなところも決して馬鹿にしない。今の職場でも馬鹿にされたりはしないけれども、思い切り業務上過失に繋がってただただ、怒られてるだけ。泣きそうになる。

今日は怒られるかな、やだなっと思いながら、三歩はのんきに紅茶をすする。どこらへんがのんきかと言えば、よく怒ってくる先輩の顔を思い出し、怒ってなきゃ可愛いのにな、と先輩が絶対に着ないロリータファッションに身を包んで本棚の間を歩く姿を想像してほくそ笑むあたりがだ。

先輩をなめ腐っているのは本当だけれど、怒られるのも本当に嫌だったりする。きちんと怒られるって生きていてそんなにない。高校、大学と、授業中は基本的に大人しくしていれば何事もなかった。大学時代はバイトもしていたけれど、怒鳴られたりはしなかった。それがどうだ。大人になったら、よく怒られるようになった。子どもじゃないんだから、もっと褒めて伸ばしてほしい。

やっぱり昔がよかったかなぁと懐古趣味に走る三歩。チーズ蒸しパンを紅茶に少しだけ浸けて口に放り込み、咀嚼する。ディップなんてオシャレだ私、と悦に入る。テレビを見ながら、もう春か、早いな一年、と何やらエモい気持ちになる。でも時が経つのが早くて嫌なわけじゃない。三月の連休には友達と遊ぶ約束がある。早くその日になればいいのにと三歩は待ちわびている。

さてさてと、三歩は頭の中にやる気があるようなふりをして、チーズ蒸しパンの残りブロックを口に詰め込み立ち上がった。そろそろ出勤の準備をしないといけない時間だ。前まではもっとギリギリの時間になってから、適当に準備をして家を出ていた。けれどパジャマ事件で遅刻して怒られてからは、先輩の忠告を聞いて早めに動き出すことを心掛けている。その時三歩が先輩から言われたことはこうだ。「亀だって先に出発してりゃサボらないウサギとでもいい勝負するんだよ」。せめて勝つって言ってほしい。

後輩を亀にたとえますかね普通、なんて面と向かって言えない三歩は寝癖を直しながら鏡に向かって舌を出す。我ながら長い。鼻に届く。

　馬鹿なことやってないで歯を磨く。三歩には歯磨き中じっとしていられない癖がある。シャコシャコとしながら部屋をうろうろしていると、昨日郵便受けに入っていたスーパーの特売チラシが床に落ちていた。拾って眺める。シャコシャコ、ピタッ。

「ふりん、ねふぃひっ」

　プリン値引きと言った。三歩は今日の帰りのコースを決める。この値段なら三個くらい買ってもいいだろう。楽しみだ。

　十分に歯を磨き口をゆすいでから、三歩はいよいよという気持ちで唾を飲み込み、パジャマを一気に脱いだ。ベッドに向かって上下共に投げ飛ばし、急いでクローゼットを開けてワイシャツとカーディガンを引っ張り出す。わーっとそれらを身に着け、三歩にしては素早くベージュのチノパンを手に取り穿こうとして足にひっかけ一旦こける。肘の痛みに耐え、倒れたままニジニジとパンツを穿けば、横たわった姿で出勤姿一歩手前の完成である。

　そろりと立ち上がると肘にはじんじんとした響く感じと、埃がついていた。手の平でぱっぱと払えば埃は落ちたが痛みは消えない。でもその代わり着替え中の寒さはそんなになかったのでよかったと思う。

　三歩は肘をさすりつつ椅子に座る。ここからお化粧をするのがお出かけ前の最終工程。今日はおべんと作りはサボるからこれでラスト。極めて面倒くさがり屋で粗雑な三歩だが実は化粧をする時間が嫌いじゃない。凝ったことはしないけれど仕事用のナチュラルメイクをやっている間が楽しい。三歩が特別に美人で、自らの顔をより美しくすることに熱をあげている、わけではない。ただいつかは濃いめのルージュやアイシャドーにとどまらない、プロレスラーみたいに本格的なメイクをしてみたいという夢への途中にいる気がして、三歩の気持ちをわくわくとさせる。

　もちろんそんな夢の中の話だけじゃなくて、現実に存在する外見上のコンプレックスを隠したいという気持ちも三歩にはある。三歩は自分の童顔を理由に内面まで子どもっぽく思われることをよく思っていない。職場のお姉さま達は可愛らしいと言ってくれるけれど、それってぬいぐるみとかに使うのと同じ意味で使ってません？　と当然面と向かって言えやしないことを思う。化粧をすれば、すっぴんよりは少しだけ大人っぽい顔つきになる気がしているのだ。可愛らしいと言ってくる職場の先輩達に会う時、いつも化粧をしているってことには目をつぶらなきゃ仕方ない。

不器用ながらも化粧を終えて、テレビに目をやるとまだいつもの家を出る時間まで七分もあった。余裕だ。ひとまず朝一番で怒られる可能性を一つ排除出来たことに嬉しくなる。

椅子に座って残りの紅茶を飲みながら三歩は特に何もせずぼうっとテレビを眺めた。やることが見つからないわけじゃない、このなんでもない時間が三歩は好きなのだ。朝きちんと準備が出来て問題なく仕事に行ける状態になってから出来た余りの時間、ちゃんとしている自分へのご褒美みたいなこの時間の甘さは、働き始めてから初めて知ったものの一つだ。

三歩は、今日一日のことに思いを馳せる。

ミスをしないで済むだろうかという心配と、怒られないかという心配が見つかった。それから、朝一の静かな図書館の空気を吸う楽しみと、お昼ご飯を選ぶ楽しみと、怒りっぽい先輩のランチ中の丁寧な箸使いを見る楽しみと、夜ご飯を選ぶ楽しみと、プリンを買って食べる楽しみを見つけた。あ、そういえば今日はミュージックステーションに好きなアーティストの出る日だ。そんなことを思い出す。

頭の中を巡って三歩は、なんか普通に楽しみの方が多いな、とどうして自分が職場に行くのを億劫に感じていたのかすら忘れかけた。

「んふっ」

楽しみなことがあると考えれば、出勤もチーズ蒸しパンから続いていくバトンタッチなのかもしれない。好きなものがたくさんあるから、布団だけと添い遂げるなんてもったいないから今日も職場に行くことにする。そう思えば、今日これからがなんだか楽しみになってきた。

大学時代も確かによかった。でもこの前食べたガトーショコラの味だってもう舌の上にはない。もう一度味わいたかったら新たに食べるしかない。それが出来るのは今日からの自分だけだ。だって食べたいのは今の自分だから、過去の自分になんて渡してたまるもんか。

折り返し地点なんてきっとない。

今日も前に進んでいなくちゃ、今日これから起こる楽しいことを味わえない。

三歩はスーパーにあったらガトーショコラも買って帰ることを決意し、立ち上がる。八分経った。そろそろ出よう。

リモコンを手に取りテレビに向けると、画面の向こうではインタビューを受ける小学生が大好きなお菓子について一生懸命に話をしていた。結局その子がチョコを大好きだということ以外には伝わってこなかったけど、三歩の口の中はチョコへの期待に満たされた。やっぱりガトーショコラも買おうと思いながら、テレビを消す。

大したことは起こらない。

謎も事件もファンタジーもない。

そういう毎日の中どう生きたってきっとそんなに変わりはしないんだろうと三歩は思っている。でも出来ればどうか自分も、嫌いなもののことじゃなく、好きなものの話をしていたいと三歩は願う。

麦本三歩とは、そういう慎ましやかで贅沢な、どこにでもいる大人のことなのだ。

その日、以前にとあるミスをしていたことが発覚した三歩は「過去の私が、折り返し地点が」と言い訳をしてまた怒られた。

麦本三歩の日常は続く。

本文デザイン　bookwall

JASRAC 出 2010202-408

この作品は二〇一九年三月小社より刊行され、文庫化にあたり題名に「第一集」をつけたものです。

幻冬舎文庫

●最新刊
コンサバター
幻の《ひまわり》は誰のもの
一色さゆり

美術修復士のスギモトの工房に、行方不明になっていたゴッホの十一枚目の《ひまわり》が持ち込まれる。スギモトはロンドン警視庁美術特捜班の刑事マクシミランと調査に乗り出すが——。

●最新刊
奈落の底で、君と見た虹
柴山ナギ

蓮が働く最底辺のネットカフェにやってきた、場違いな美少女・美憂。彼女の父親は余命三カ月。父親の過去を辿ると、美憂の出生や母の秘密が徐々に明らかになり——。号泣必至の青春小説。

●好評既刊
秘録・公安調査庁
アンダーカバー
麻生　幾

公安調査庁の分析官・芳野綾は、武装した中国漁船が尖閣諸島に上陸するという情報を入手。それは日本を国家的危機に引き込む「悪魔のシナリオ」だった！　ノンストップ諜報小説。

●好評既刊
聖者が街にやって来た
宇佐美まこと

人口が急増する街で花屋を営む桜子。十七歳の娘が市民結束のために企画されたミュージカルに出演することに。だが女性が殺される事件が発生。不穏な空気のなか、今度は娘が誘拐されて……。

●好評既刊
明日なき暴走
歌野晶午

報道ワイド「明日なき暴走」のヤラセに端を発する連続殺人。殺人鬼はディレクターの罠に嵌り生中継で犯行に及ぶのか。衝撃の騙し合いクライム・サスペンス！（『ディレクターズ・カット』改題）

幻冬舎文庫

●好評既刊
辻宮朔の心裏と真理
織守きょうや

あれから七年——今度は被害者全員が吸血種の連続殺人が発生。簡単には死なない吸血種を、誰が何の目的で、どうやって殺しているのか。再び遠野と朱里のコンビが臨場するが。シリーズ第二弾！

●好評既刊
殺人依存症
櫛木理宇

息子を六年前に亡くした捜査一課の浦杉は、その現実から逃れるように刑事の仕事にのめり込む。そんな折、連続殺人事件が勃発。捜査線上に、実行犯の男達を陰で操る女の存在が浮かび上がり……。

●好評既刊
おもいで写眞
熊澤尚人

祖母の死を機に、老人相手に「遺影写真」を撮り始めた結子。各々の思い出の地で撮るサービスは評判になるも、なかには嘘の思い出を話す者もいて……。1枚の写真から人生が輝き出す感涙小説。

●好評既刊
銀河食堂の夜
さだまさし

ひとり静かに逝った老女は、愛した人を待ち続けた昭和の大スターだった（「初恋心中」）。……謎めいたマスターが旨い酒と肴を出す飲み屋を舞台に繰り広げられる、不思議で切ない物語。

●好評既刊
寄生リピート
清水カルマ

十四歳の颯太は母親と二人暮らし。ある晩、家に男を連れ込む母の姿を目撃して強い嫉妬を覚える。その男の不審死、死んだはずの父との再会。奇怪な現象も起き始め……。恐怖のサイコホラー。

幻冬舎文庫

●好評既刊
またもや片想い探偵 追掛日菜子
辻堂ゆめ

高校生の日菜子は、握手会に行ったり、限定グッズを購入したりと、特撮俳優の追っかけに大忙し。ある日、彼が強盗致傷容疑で逮捕される。冤罪だと知っている日菜子は、事件の解決に動き出すが。

●好評既刊
宿命と真実の炎
貫井徳郎

警察に運命を狂わされた誠也とレイは、彼らへの復讐を始める。警察官の連続死に翻弄される捜査本部。人生を懸けた復讐劇がたどりつく無慈悲な結末。最後まで目が離せない大傑作ミステリ。

●好評既刊
メガバンク最後通牒
執行役員・二瓶正平
波多野　聖

生真面目さと優しさを武器に、執行役員にまで上りつめた二瓶正平。彼の新たな仕事は、地方銀行の再編だった。だが、幹部らはなぜか消極的で……。二瓶の手腕が試されるシリーズ第三弾。

●好評既刊
探偵少女アリサの事件簿
今回は泣かずにやってます
東川篤哉

「なんでも屋」を営む橘良太はお得意先の令嬢・綾羅木有紗と難事件をぞくぞく解決中。ある日、有紗のお守り役としてバーベキューに同行したら溺死体に遭遇し――。爆笑ユーモアミステリー。

●好評既刊
雨上がりの川
森沢明夫

不登校になった娘の春香を救おうと、怪しげな霊能者に心酔する妻の杏子。夫の淳は洗脳を解こうと心理学者に相談するが……。誰かの幸せを願い切に生きる人々を描いた、家族再生ストーリー。

麦本三歩の好きなもの　第一集

住野よる

令和3年1月15日　初版発行
令和6年5月30日　8版発行

発行人――石原正康
編集人――高部真人
発行所――株式会社幻冬舎
〒151-0051東京都渋谷区千駄ヶ谷4-9-7
電話　03(5411)6222(営業)
　　　03(5411)6211(編集)
公式HP　https://www.gentosha.co.jp/
印刷・製本―中央精版印刷株式会社
装丁者――高橋雅之

幻冬舎文庫

ISBN978-4-344-43052-5　C0193　す-20-1

この本に関するご意見・ご感想は、下記アンケートフォームからお寄せください。
https://www.gentosha.co.jp/e/